GW00367410

# *LCP* **French School Dictionary**

**Commissioning Editor**
Teresa Adams

**Editorial**
David Jones • Nicola Lusby • Anna Samuels • Kathryn Tate

**Design**
Simon Dainty • Antony Dickens • Katie Pett • Simon Walmesley

*LCP*
Hampton House
Longfield Road
Leamington Spa
Warwickshire
CV31 1XB
**tel:** 01926 886914 • **fax:** 01926 887136
**e-mail:** mail@LCP.co.uk • **website:** www.LCP.co.uk

© *LCP* Ltd 2004
First published 2004

**ISBN** 1 904178 45 6

A
B
C
D
E
F
G
H
I
J
K
L
M
N
O
P
Q
R
S
T
U
V
W
X
Y
Z

# *LCP* **French School Dictionary**

The *LCP* **French School Dictionary** is a dictionary for beginners of French. It is an easy introduction to a bilingual dictionary to give you confidence in looking up words and then using them.

Unlike a standard dictionary, it is fully colour-coded for your ease of use. All headwords are listed alphabetically, with four main types of words in different colours.

■ Any word printed in *green* is a verb (e.g. *manger*), or part of a verb (e.g. *ai* from *avoir*), or the reflexive part of a reflexive verb (e.g. *se* in *se baigner*). Before you can fully understand the meaning of a verb, you need to look at its tense and its endings. For example, *manger* is listed as 'to eat', but you may come across it as *il a mangé* ('he has eaten') or *mangez-vous?* ('do you eat?').

Equally, if you look up the English words 'to eat', you will find *manger*. But before you can use it, you will probably need to change the ending. The appendix at the back of the dictionary will help you find the correct ending to use.

■ Any word in *red* is a feminine noun (e.g. *une fille* = 'girl').
■ Any word in *blue* is a masculine noun (e.g. *un homme* = 'man').

■ A *purple* word is an adjective (e.g. *petit*) or a word which often acts like an adjective (e.g. *construit*). These words describe nouns and have to change their endings accordingly, adding an extra 'e' if feminine (e.g. *une petite maison*) or an 's' if plural (e.g. *trois professeurs sévères*). If the feminine form is not just a simple 'e' on the end of the word, then the full form is given for easy reference (e.g. *ancien/ancienne*).

Some words have more than one meaning, and you need to decide which is the more suitable meaning from the passage in which the word occurs. For example, if the text is about television and the word *chaîne* occurs, then the meaning is more likely to be 'channel' than 'chain'.

The two headwords at the top of each page show the first and last word dealt with.

The alphabet is printed on each page showing the featured letter in yellow, so that you can find the word you are looking for more easily.

There is a colour code reminder at the bottom of each page.

■ = masculine noun   ■ = feminine noun   ■ = verb   ■ = adjective

The dictionary also includes at the back a useful appendix of such areas as numbers, days of the week, months, times and seasons.

## français – anglais

# Aa

| | | |
|---|---|---|
| il/elle/on | a | he/she/one has |
| il y | a | there is, there are |
| | à | in, to, at |
| | à l'/à la/au/aux | to the |
| | abandonné | abandoned |
| une | abeille | bee |
| | abominable | terrible |
| un | abonné | consumer |
| d' | abord | first of all |
| | aboyer | to bark |
| un | abri | shelter |
| un | abricot | apricot |
| un | accent aigu | acute accent |
| un | accent circonflexe | circumflex accent |
| un | accent grave | grave accent |
| | accepter | to accept |
| un | accès | access |
| un | accessoire | accessory |
| un | accompagnateur | accompanying person |
| | accompagné (de) | accompanied (by) |
| | accompagner | to accompany |
| d' | accord | OK, alright |
| être d' | accord | to agree with |
| je ne suis pas d' | accord | I don't agree |
| un | accordéon | accordion |
| s' | accorder | to agree |
| un | accro | fan |
| un | accueil | reception, welcome |
| l' | accueil des familles | welcome for the families |
| | accueillant | welcoming |
| s' | accumuler | to accumulate |
| | accuser | to accuse |
| un | achat | purchase |
| j'ai | acheté | I bought |
| nous avons | acheté | we bought |
| | acheter | to buy |
| l' | acné | acne |
| un | acteur | actor |
| | actif/active | active |
| une | action | action |
| une | activité | activity |

■ = masculine noun    ■ = feminine noun    ■ = verb    ■ = adjective

| | | |
|---|---|---|
| une | actrice | actress |
| les | actualités | news, current affairs |
| | adapter | to adapt |
| l' | addition | bill |
| | additionner | to add |
| un | adjectif | adjective |
| | admirer | to admire |
| un | ado | male teenager |
| une | ado | female teenager |
| un | adolescent | male teenager |
| une | adolescente | female teenager |
| j' | adore | I love |
| | adorer | to love, to adore |
| une | adresse | address |
| | adroit | skilful |
| un | adulte | male adult |
| une | adulte | female adult |
| un | adversaire | male opponent |
| une | adversaire | female opponent |
| l' | aérobic | aerobics |
| un | aéroglisseur | hovercraft |
| un | aéroport | airport |
| les | affaires | things, belongings |
| les | affaires **scolaires** | school things |
| une | affiche | poster |
| | affiché | displayed |
| | afficher | to stick up, to display |
| s' | affoler | to lose one's head |
| | affreux/ affreuse | awful, dreadful |
| un | Africain | African man |
| une | Africaine | African woman |
| l' | Afrique | Africa |
| l' | âge | age |
| un | agenda | diary |
| un | agent **de** police | police officer |
| un | agent **immobilier** | estate agent |
| il s' | agit **de** | it's about |
| | agité | choppy, rough |
| un | agneau | lamb |
| | agréable | pleasant |
| | agricole | agricultural |
| | **ah** bon | oh, right |
| j' | ai | I have, I've got |
| un | aide-éducateur | teaching assistant |
| l' | Aïd-el-Fitr | Eid festival |

■ = masculine noun    ■ = feminine noun    ■ = verb    ■ = adjective

| | | |
|---|---|---|
| | aider | to help |
| | aïe! | ouch! |
| un | aigle | eagle |
| | aigu | acute |
| l' | ail | garlic |
| | ailleurs | elsewhere |
| d' | ailleurs | besides, anyway |
| | aimable | nice, kind |
| je/tu | aimais | I/you liked, used to like |
| je les | aime à la folie | I love them to bits |
| je n' | aime pas | I don't like |
| | aimer | to like, to love |
| | aîné | oldest, eldest |
| | ajouter | to add |
| l' | alcool | alcohol |
| l' | Algérie | Algeria |
| un | Algérien | Algerian man |
| une | Algérienne | Algerian woman |
| l' | aligot | mashed potato with garlic |
| l' | alimentation | food |
| l' | Allemagne | Germany |
| un | Allemand | German man |
| une | Allemande | German woman |
| je suis | allé(e) | I went |
| | aller | to go |
| comment | aller à/au … ? | how do I get to … ? |
| une | allergie | allergy |
| | allergique | allergic |
| un | aller-retour | return ticket |
| un | aller simple | single ticket |
| | allô | hello |
| (s') | allonger | to stretch out, to lie down |
| | allons | let's go |
| un | allume-feu | firelighter |
| | allumer | to light, switch on |
| une | allumette | match |
| | alors | so, then |
| les | Alpes | the Alps |
| un | alphabet | alphabet |
| l' | alpinisme | mountaineering |
| un | alpiniste | male climber |
| une | alpiniste | female climber |
| un | Alsacien | Alsatian man |
| une | Alsacienne | Alsatian woman |
| un | amant | lover |

⬛ = masculine noun  ⬛ = feminine noun  ⬛ = verb  ⬛ = adjective

| | | |
|---|---|---|
| une | ambiance | atmosphere |
| | ambitieux/ambitieuse | ambitious |
| une | ambition | ambition |
| une | ambulance | ambulance |
| | améliorer | to improve |
| | aménagé | equipped |
| une | amende | fine |
| | amener | to bring |
| un | Américain | American man |
| une | Américaine | American woman |
| un | ami | male friend |
| une | amie | female friend |
| une | amitié | friendship |
| | amitiés | best wishes |
| un | amour | love |
| | amoureux/amoureuse | in love |
| | amusant | amusing, funny |
| s' | amuser | to enjoy oneself |
| un | an | year |
| une | anagramme | anagram |
| un | ananas | pineapple |
| un | anchois | anchovy |
| | ancien/ancienne | old, former |
| un | ange | angel |
| | anglais | English |
| l' | anglais | English (language) |
| l' | Angleterre | England |
| un | animal | animal |
| un | animateur | male presenter, host |
| une | animatrice | female presenter, host |
| les | animaux | animals |
| | animé | lively |
| une | année | year |
| l' | année dernière | last year |
| joyeux | anniversaire! | happy birthday! |
| un | anniversaire | birthday, anniversary |
| une | annonce | advert |
| | annoncer | to announce |
| un | annuaire | telephone directory |
| | annulé | cancelled |
| j'ai ... | ans | I am ... years old |
| j'ai quatorze | ans | I am fourteen |
| j'ai quinze | ans | I am fifteen |
| l' | Antarctique | Antarctica |
| | antibiotique | antibiotic |

■ = masculine noun   ■ = feminine noun   ■ = verb   ■ = adjective

| | | |
|---|---|---|
| un | Antillais | West Indian man |
| une | Antillaise | West Indian woman |
| les | Antilles | the West Indies |
| une | antilope | antelope |
| | antiseptique | antiseptic |
| | août | August |
| un | apéritif | aperitif |
| un | appareil | phone, machine |
| à l' | appareil | on the phone, speaking |
| un | appareil dentaire | brace (on teeth) |
| un | appareil photo | camera |
| | apparemment | apparently |
| une | apparence | appearance |
| un | appartement | flat, apartment |
| | appeler | to call |
| s' | appeler | to be called |
| je m' | appelle … | my name is … |
| bon | appétit! | enjoy your meal! |
| un | appétit | appetite |
| | apporter | to bring |
| j'/tu | apprenais | I/you learnt, used to learn |
| | apprendre | to learn |
| | apprenez! | learn! |
| un | apprenti | apprentice |
| un | apprenti cuisinier | apprentice chef |
| | après | after, afterwards |
| d' | après | according to |
| | après-demain | the day after tomorrow |
| un | après-midi | afternoon |
| s' | approcher | to come near |
| | appuyer | to lean, to press |
| | aquatique | aquatic |
| | arabe | Arab/Arabic |
| une | araignée | spider |
| un | arbre | tree |
| un | arbre généalogique | family tree |
| une | arche | ark |
| l' | architecture | architecture |
| une | arène | arena |
| l' | argent | money |
| l' | argent de poche | pocket money |
| une | armoire | wardrobe |
| un | arrêt | stop |
| un | arrêt de bus | bus stop |
| (s') | arrêter | to stop |

■ = masculine noun    ■ = feminine noun    ■ = verb    ■ = adjective

**A**

| | | |
|---|---|---|
| à l' | arrière | in the back |
| une | arrivée | arrival |
| | arriver | to arrive, to happen |
| un | arrondissement | district |
| | arroser | to water |
| l' | art dramatique | theatre, drama |
| un | article | article |
| un feu d' | artifice | firework display |
| un | artiste | male artist |
| une | artiste | female artist |
| les | artistes de mime | mime artists |
| | artistique | artistic |
| tu | as | you have, you've got |
| un | ascenseur | lift |
| l' | Asie | Asia |
| un | aspirateur | vacuum cleaner |
| une | aspirine | aspirin |
| je l' | assaisonne | I season it |
| | assaisonner | to season |
| une | assemblée | assembly |
| s' | asseoir | to sit (down) |
| | asseyez-vous! | sit down! |
| | **assez** | enough, fairly, quite |
| une | assiette | plate |
| | assister à | to be present at, to attend |
| un | astronaute | male astronaut |
| une | astronaute | female astronaut |
| | as-tu … ? | have you … ? |
| l' | athlétisme | athletics |
| un | atome | atom |
| | **atroce** | horrible |
| | attacher | to fasten |
| une | attaque | attack |
| | attaquer | to attack |
| | attendre | to wait |
| faire | attention | to pay attention |
| | attirer | to attract |
| | attraper | to catch |
| | **au** | at the, in the, to the |
| une | auberge de jeunesse | youth hostel |
| une | aubergine | aubergine |
| | aucun | not a single |
| | au-dessus de | above |
| | augmenter | to increase |
| | **aujourd'hui** | today |

■ = masculine noun  ■ = feminine noun  ■ = verb  ■ = adjective

| | | |
|---|---|---|
| | **au** revoir | goodbye |
| | **aussi** | too, as well, also |
| | **aussi ... que** | as ... as |
| l' | Australie | Australia |
| | **australien/australienne** | Australian |
| | **autant** | as much |
| | **autant que possible** | as much as possible |
| une | auto | car |
| un | autobus (articulé) | (articulated) bus |
| un | autocollant | sticker |
| l' | automne | autumn |
| un | automobiliste | male car driver |
| une | automobiliste | female car driver |
| un | autoportrait | self-portrait |
| | **autoritaire** | strict |
| une | autoroute | motorway |
| | **autour (de)** | around |
| | **autre** | other, another |
| | **autrement** | otherwise |
| | **autre part** | elsewhere |
| l' | Autriche | Austria |
| | **autrichien/autrichienne** | Austrian |
| une | autruche | ostrich |
| | **aux** | to the |
| ils/elles | avaient | they had |
| j'/tu | avais | I/you had |
| il/elle/on | avait | he/she/one had |
| il y | avait | there was |
| par | avance | in advance |
| | avancer | to advance |
| | avancer **de** | to go forward (a given distance) |
| | **avant** | before (doing something) |
| | **avant (de)** | before |
| à l' | avant | in the front |
| un | avantage | advantage |
| | **avant-hier** | the day before yesterday |
| | **avec** | with |
| un | avenir | future |
| une | aventure | adventure |
| l' | aventure **nautique** | water sports |
| | aveugle | blind |
| un | aveugle | blind man |
| une | aveugle | blind woman |
| vous | avez | you have |
| | avez-**vous** ... ? | have you got ... ? |

B
C
D
E
F
G
H
I
J
K
L
M
N
O
P
Q
R
S
T
U
V
W
X
Y
Z

**A**

| | | |
|---|---|---|
| en | avion | by plane |
| un | avion | plane |
| à mon | avis | in my opinion |
| un | avis | opinion |
| un | avocat | avocado |
| | avoir | to have |
| | avoir **de la** chance | to be lucky |
| | avoir **faim** | to be hungry |
| | avoir **l'**air | to look (like) |
| | avoir **le** trac | to suffer from nerves, stage fright |
| | avoir **lieu** | to take place |
| | avoir **mal** | to hurt |
| | avoir **soif** | to be thirsty |
| **nous** | avons | we have |
| **nous n'** | avons **pas de** ... | we haven't got any ... |
| | avril | April |
| | aztèque | Aztec |

■ = masculine noun    ■ = feminine noun    ■ = verb    ■ = adjective

# Bb

| | | |
|---|---|---|
| le | baby-foot | table football |
| un | bac | container |
| le | badminton | badminton |
| les | bagages | luggage, baggage |
| une | bague | ring |
| une | baguette | French stick (kind of loaf) |
| la | baguette magique | magic wand |
| une | baie | bay |
| se | baigner | to go swimming, to have a bath |
| une | baignoire | bathtub |
| un | bain | bath |
| une salle de | bain | bathroom |
| un | bain de soleil | sunbathing |
| | baisser | to lower, to turn down |
| un | bal | dance |
| une | balade | walk |
| un | baladeur | walkman, personal stereo |
| un | balai | broom |
| | balayer | to sweep |
| un | balcon | balcony |
| une | baleine | whale |
| une | balle | (small) ball |
| un | ballon | (big) ball |
| le | bambou | bamboo |
| une | banane | banana |
| un | banc | bench |
| une | bande | strip |
| une | bande dessinée/BD | comic (strip) |
| une | banlieue | suburb |
| une | banque | bank |
| un | baptême | christening |
| un | bar | bar |
| | barbant | boring, annoying |
| une | barque | small boat |
| une | barre de chocolat | bar of chocolate |
| | bas | low |
| en | bas | at the bottom |
| le | basilic | basil |
| le | basket | basketball |
| les | baskets | trainers |
| un | bateau | boat, ship |
| un | bateau-mouche | (river) boat |

---

■ = masculine noun   ■ = feminine noun   ■ = verb   ■ = adjective

| | | |
|---|---|---|
| un | **bâtiment** | building |
| | **bâtir** | to build |
| un | **bâton de** colle | gluestick |
| une | **batterie** | drums, drum kit |
| | **battre** | to beat, to hit |
| | **bavard** | talkative |
| | **bavarder** | to chat |
| un | **bazar** | bazaar |
| | **BCBG** | |
| | **(bon chic bon genre)** | well brought up |
| | **beau/belle** | handsome, pretty, beautiful, good looking |
| il fait | **beau** | the weather is fine |
| | **beaucoup (de)** | a lot (of) |
| un | **beau-frère** | brother-in-law |
| un | **beau-père** | stepfather, father-in-law |
| une | **beauté** | beauty |
| le | **beau temps** | good weather |
| un | **bébé** | baby |
| | **belge** | Belgian |
| la | **Belgique** | Belgium |
| une | **belle-mère** | stepmother, mother-in-law |
| une | **belle-sœur** | sister-in-law |
| un | **berger** | shepherd |
| un | **besoin** | need |
| avoir | **besoin de** | to need |
| | **bête** | silly, stupid |
| une | **bêtise** | something silly |
| le | **béton** | concrete |
| | **beurk!** | yuck! |
| le | **beurre (doux/salé)** | (un/salted) butter |
| | **beurrer** | to butter |
| la | **Bible** | the Bible |
| une | **bibliothèque** | library |
| un | **bic** | biro |
| une | **bicyclette** | bicycle |
| | **bien** | well, really, indeed |
| | **bien à …** | all the best to … |
| | **bien** sûr | of course |
| (à) | **bientôt** | (see you) soon |
| la | **bienvenue** | welcome |
| une | **bière** | beer |
| un | **bifteck** | steak |
| un | **bijou** | jewel |
| | **bilingue** | bilingual |

| | | |
|---|---|---|
| le | billard | billiards, pool |
| une | bille | marble |
| un | billet | ticket |
| la | bio(logie) | biology |
| un | biologiste | male biologist |
| une | biologiste | female biologist |
| une | biscotte | piece of French toast |
| une | bise | kiss |
| | bizarre | strange, odd, weird |
| une | blague | joke |
| | blanc/blanche | white |
| un | blanc | blank |
| un | blessé | injured person |
| | blessé | injured |
| une | blessure | injury, wound |
| | bleu | blue |
| | bleu-gris | grey-blue |
| un | bloc | block |
| | blond | blond (hair) |
| | bloquer | to block |
| un | blouson | (casual) jacket, blouson jacket |
| un | bœuf | ox |
| du | bœuf haché | minced beef |
| | bof! | not really! |
| | boire | to drink |
| | boire la tasse | to swallow a lot of water (when swimming) |
| je | bois | I drink |
| le | bois | wood |
| | boisé | wooded |
| une | boisson | drink |
| une | boisson fraîche | cool drink |
| une | boîte | box, tin |
| une | boîte à outils | toolbox |
| une | boîte d'allumettes | box of matches |
| une | boîte de nuit | nightclub |
| une | boîte de réception | inbox |
| un | bol | bowl |
| une | bombe atomique | atomic bomb |
| | bon/bonne | right, correct, good |
| | bon appétit! | enjoy your meal! |
| un | bonbon | sweet |
| le | bonheur | happiness, good luck |
| | bonjour | hello |
| de | bonne heure | early |

A
**B**
C
D
E
F
G
H
I
J
K
L
M
N
O
P
Q
R
S
T
U
V
W
X
Y
Z

| | | |
|---|---|---|
| un | bonnet | woolly hat |
| | bonsoir | good evening |
| à | bord | on board |
| le | bord | edge |
| au | bord de | beside |
| au | bord de la mer | at the seaside |
| | bordé (de) | bordered (by) |
| un tapis à | bosses | strip with bumps (e.g. at pedestrian crossing) |
| | bosseur/bosseuse | hard worker, grafter |
| une | botte | boot |
| les | bottes | boots |
| une | bottine | ankle boot |
| une | bouche | mouth |
| un | boucher | butcher |
| une | boucherie | butcher's |
| un | bouchon | a traffic jam |
| | bouclé | curly |
| une | boucle d'oreille | earring |
| une | boucle magnétique | magnetic loop |
| un | boudin | black pudding |
| | bouger | to move |
| une | bougie | a candle |
| un | boulanger | baker |
| une | boulangerie | baker's |
| une | boule | ball |
| une | boule de cristal | crystal ball |
| une | boule de neige | snowball |
| les | boules | bowls |
| un | boulevard | wide avenue |
| un | boulot | job |
| un petit | boulot | part-time job |
| une | boum | party |
| un | bouquet | bunch |
| au | bout | at the end/bottom |
| une | bouteille | bottle |
| une | bouteille d'eau gazeuse | bottle of fizzy water |
| une | bouteille d'oxygène | cylinder of oxygen |
| une | boutique | shop |
| un | bouton | button, spot |
| les | boutons | spots |
| le | bowling | bowling alley |
| | branché | trendy |
| un | bras | arm |
| une | brasserie | bar |

■ = masculine noun ■ = feminine noun ■ = verb ■ = adjective

| | | |
|---|---|---|
| | **bravo!** | well done! |
| | **bref/brève** | short, quick |
| le | **Brésil** | Brazil |
| la | **Bretagne** | Brittany |
| | **breton/bretonne** | Breton |
| le | **bricolage** | DIY |
| | **brillant** | brilliant |
| | **briller** | to shine |
| | **britannique** | British |
| une | **brochure** | brochure |
| un | **bronzage** | suntan |
| se | **bronzer** | to sunbathe |
| en | **brosse** | in a crew cut |
| une | **brosse** | brush |
| une | **brosse à cheveux** | hairbrush |
| une | **brosse à dents** | toothbrush |
| | **brosser** | to brush |
| se | **brosser les cheveux/dents** | to brush one's hair/teeth |
| il y a du | **brouillard** | it's foggy |
| un | **brouillard** | fog |
| au | **brouillon** | in rough |
| un | **brouillon** | rough version |
| un | **bruit** | noise |
| se | **brûler** | to burn oneself |
| une | **brûlure** | burn |
| | **brun** | brown (hair) |
| | **Bruxelles** | Brussels |
| j'ai | **bu** | I drank |
| une | **bûche** | log |
| une | **bûche de Noël** | Yule log |
| une | **bulle** | bubble, speech bubble |
| un | **bulletin** | report |
| un | **bulletin scolaire** | school report |
| le | **bureau** | office |
| un | **bureau des objets trouvés** | lost property office |
| en | **bus** | by bus |
| un | **bus** | bus |
| un | **but** | goal |
| un | **buteur** | striker |
| vous | **buvez** | you drink |
| nous | **buvons** | we drink |

A B C D E F G H I J K L M N O P Q R S T U V W X Y Z

A
B
**C**
D
E
F
G
H
I
J
K
L
M
N
O
P
Q
R
S
T
U
V
W
X
Y
Z

# Cc

| | | |
|---|---|---|
| | c' | it |
| | ça | that |
| | ça dépend | it depends |
| | ça m'est égal | I'm not bothered, I don't care |
| | ça va | I'm alright |
| | ça va? | are you alright? |
| | ça veut dire ... | that means … |
| une | cabine | cabin |
| une | cabine téléphonique | telephone booth |
| les | cacahuètes | peanuts |
| | cacher | to hide |
| se | cacher | to hide (yourself) |
| un | cadeau | present |
| un frère | cadet | younger brother |
| un | café | coffee, café |
| un | café au lait | coffee with equal amount of milk |
| un | café-crème | white coffee |
| un | cahier | exercise book |
| un | calcul | calculation |
| une | calculatrice | calculator |
| | calculer | to calculate |
| une | calculette | calculator |
| un | caleçon | pair of leggings |
| un | calendrier | calendar |
| le | calmant | tranquillizer |
| | calme | calm, quiet |
| le | calme | calm |
| | calorifique | full of calories |
| un | camarade | male (school) friend |
| une | camarade | female (school) friend |
| un | cambrioleur | male burglar |
| une | cambrioleuse | female burglar |
| un | camembert | a kind of cheese, pie chart |
| une | caméra | TV camera |
| un | caméscope | video camera |
| un | camion | lorry |
| une | camionnette | van |
| un | camionneur | lorry driver |
| la | campagne | countryside |
| | camper | to camp |
| le | camping | camping, campsite |
| le | Canada | Canada |

■ = masculine noun   ■ = feminine noun   ■ = verb   ■ = adjective

| | | |
|---|---|---|
| | **canadien/canadienne** | Canadian |
| un | canapé | settee, sofa |
| un | canard | duck |
| un | caniche | poodle |
| une | canne | stick, cane |
| la | canne **à** sucre | sugar cane |
| le | canoë/canoë-kayak | canoeing |
| une | cantine | canteen |
| un | capitaine | captain |
| une | capitale | capital (city) |
| une | capsule | capful |
| une | capuche | hood |
| | car | because |
| en | car | by coach |
| un | car | coach |
| un | caractère | character |
| un | car **de** ramassage | school bus |
| | caresser | to stroke |
| un | carnaval | carnival |
| un | carnet | notebook |
| un | carnet **de** tickets | book of tickets |
| | carnivore | meat-eating |
| une | carotte | carrot |
| | carré | square |
| un | carrefour | crossroads |
| | carrément | completely, absolutely |
| une | carrière | career |
| une | carte | card, map, menu |
| une | carte **d'**identité | identity card |
| une | carte postale | postcard |
| les | cartes | cards (game) |
| un | carton | box |
| un | cas | case |
| une | cascade | waterfall |
| une | case | square, box |
| un | casque | helmet |
| une | casquette | cap |
| | cassé | broken |
| un | casse-croûte | snack |
| un | casse-pieds | 'pain in the neck' |
| (se) | casser | to break |
| une | cassette | cassette |
| une | cassette vidéo | video cassette |
| une | catastrophe | catastrophe |
| une | catégorie | category |

= masculine noun   = feminine noun   = verb   = adjective   15

| | | |
|---|---|---|
| une | cathédrale | cathedral |
| le | catholicisme | Catholicism |
| | catholique | Catholic |
| un | cauchemar | nightmare |
| à | cause de | because of |
| | causer | to cause |
| une | cave | cellar |
| un | CD | CD |
| un | CDI | a school library |
| | ce | it, that, this |
| une | cédille | cedilla |
| une | ceinture (de sécurité) | (seat) belt |
| | cela | it, this |
| | célèbre | well-known |
| | célébrer | to celebrate |
| une | célébrité | celebrity |
| un | célibataire | bachelor |
| une | cellule | cell, prison cell |
| mercredi des | Cendres | Ash Wednesday |
| | ce n'est pas mon truc | it's not my thing |
| | cent | (one) hundred |
| un | centre aéré | outdoor centre |
| un | centre commercial | shopping centre |
| un | centre spatial | space centre |
| un | centre sportif | sports centre |
| au | centre-ville | in the town centre |
| un | centre-ville | town centre |
| les | céréales | cereals |
| une | cérémonie | ceremony |
| faire du | cerf-volant | to fly a kite |
| une | cerise | cherry |
| | certain | certain, sure |
| | certains | some |
| | ces | these |
| un | CES | secondary school, comprehensive |
| | cesser | to stop |
| | c'est | it is, it's |
| | c'est-à-dire | in other words |
| | c'est à moi/toi | it's my/your turn |
| | c'est à qui? | whose is it? |
| | c'est bien ça | that's it |
| | c'est bon | it's all right |
| | c'est comment? | what is it like? |
| | c'est dommage | it's a shame |
| | c'est ennuyeux | it's boring |

■ = masculine noun  ■ = feminine noun  ■ = verb  ■ = adjective

| | | |
|---|---|---|
| | **c'est fatigant** | it's tiring |
| | **c'est génial** | it's great |
| | **c'est marrant** | it's fun |
| | **c'est quel genre de film?** | what sort of film is it? |
| | **c'est super** | it's super |
| | **c'est tout** | that's all |
| | **c'est un film ...** | it's a ... film |
| | **cet** | this (before a masculine noun beginning with a vowel) |
| | **c'était** | it was |
| | **cette** | this (before a feminine noun) |
| | **chacun** | each one, everyone |
| une | **chaîne** | chain, TV channel |
| une | **chaîne de montagne** | mountain range |
| une | **chaîne stéréo** | hi-fi |
| une | **chaise** | chair |
| une | **chaleur** | heat |
| une | **chambre** | bedroom |
| un | **chameau** | camel |
| un | **champ** | field |
| un | **champignon** | mushroom |
| | **champion/championne** | champion |
| un | **championnat** | championship |
| avoir de la | **chance** | to be lucky |
| une | **chance** | luck |
| | **changer** | to change |
| une | **chanson** | song |
| | **chanter** | to sing |
| | **chanter autour du feu** | to sing around the campfire |
| un | **chanteur** | male singer |
| une | **chanteuse** | female singer |
| la | **chantilly** | (whipped) cream |
| un | **chapeau** | hat |
| un | **chapeau de paille** | straw hat |
| | **chaque** | each |
| un | **char** | float |
| une | **charcuterie** | delicatessen |
| | **charmant** | charming, delightful |
| le | **charme** | charm |
| | **chasser** | to chase, to hunt |
| un | **chasseur** | hunter |
| un | **chat** | cat |
| | **châtain** | chestnut brown (hair) |
| un | **château (de sable)** | (sand) castle |
| un | **chaton** | kitten |

A
B
C
D
E
F
G
H
I
J
K
L
M
N
O
P
Q
R
S
T
U
V
W
X
Y
Z

■ = masculine noun   ■ = feminine noun   ■ = verb   ■ = adjective

|  | chaud | hot |
| avoir | chaud | to be hot |
| il fait | chaud | it's hot |
| un | chaudron | cauldron |
|  | chauffé | heated |
|  | chauffer | to heat |
| un | chauffeur (de taxi) | (taxi) driver |
| une | chaussette | sock |
| une | chaussure | shoe |
| les | chaussures | shoes |
| les | chaussures de marche | walking shoes |
|  | chauve | bald |
| une | chauve-souris | bat |
| un | chef (cuisinier) | chef |
| en | chemin | on the way |
| une | cheminée | chimney, fireplace |
| une | chemise | shirt |
|  | cher/chère | dear |
|  | chercher | to look for |
| un | chercheur | scientist |
|  | chéri | beloved |
| le | chéri | darling |
| la | chérie | darling |
| un | cheval | horse |
| les | chevaux | horses |
| un | cheveu | a hair |
| les | cheveux | hair |
| une | cheville | ankle |
|  | chez | at … 's house |
|  | chez moi | at my house |
|  | chez nous | at our house |
|  | chez toi | at your house |
|  | chic | nice, smart, stylish |
| un | chien | dog |
| un | chiffre | figure, sum |
| la | chimie | chemistry |
| un | chimiste | male chemist |
| une | chimiste | female chemist |
| la | Chine | China |
| un | Chinois | Chinese man |
| une | Chinoise | Chinese woman |
| les | chips | crisps |
| le | chocolat | chocolate |
| un | chocolat chaud | hot chocolate |
| un | chœur | choir |

= masculine noun  = feminine noun  = verb  = adjective

| | | |
|---|---|---|
| | choisir | to choose |
| | choisissez**!** | choose! |
| un | choix | choice |
| le | cholestérol | cholesterol |
| un | chômeur | male job seeker |
| une | chômeuse | female job seeker |
| | choquer | to shock |
| une | chorale | choir |
| des | choristes | backing singers |
| une | chose | thing |
| un | chou | cabbage |
| un | chou **de** Chine | Chinese cabbage |
| | chouette | great, nice, super |
| | chrétien/chrétienne | Christian |
| | chut**!** | shhh! |
| le | cidre | cider |
| le | ciel | sky |
| une | cigale | grasshopper |
| une | cigarette | cigarette |
| | ci-gît | here lies |
| un | cimetière | cemetery |
| un | ciné | cinema |
| un | cinéma | cinema |
| | cinq | five |
| | cinquante | fifty |
| | cinquante et un | fifty-one |
| | cinquième | fifth |
| un | circuit | tour |
| la | circulation | traffic |
| | cirer | to polish |
| une | cité | high-rise estate |
| un | citron | lemon |
| un | citron vert | lime |
| | clair | light, clear |
| une | clarinette | clarinet |
| une | classe | class |
| un | classement | classification |
| | classer | to classify |
| un | classeur | file, folder |
| un | clavier | keyboard |
| une | clé/clef | key |
| une | clémentine | clementine |
| un | client | customer |
| un | climat | climate |
| | cliquer **(sur)** | to click (on) |

= masculine noun ■ = feminine noun ■ = verb ■ = adjective

19

| | | |
|---|---|---|
| une | cloche | bell |
| un | club d'activités | activity club |
| un | club de jeunes | youth club |
| un | cobaye | guinea pig |
| un | coca | coke |
| | cocher | to tick |
| un | cochon | pig |
| un | cochon d'Inde | guinea pig |
| un | cœur | heart |
| par | cœur | by heart |
| un | cognac | brandy |
| se | coiffer | to do one's hair |
| un | coiffeur | male hairdresser |
| une | coiffeuse | female hairdresser |
| une | coiffure | hairstyle |
| un salon de | coiffure | hairdresser's |
| un | coin | corner |
| une | coïncidence | coincidence |
| un | coléoptère | beetle |
| un | collant | pair of tights |
| | collectif/ collective | shared |
| | collectionner | to collect |
| un | collège | secondary school |
| un | collégien | school boy |
| une | collégienne | school girl |
| un | collègue | male colleague |
| une | collègue | female colleague |
| | coller | to stick |
| | copier et coller | to copy and paste |
| une | colline | hill |
| un | co-lofteur | 'Big-Brother' housemate |
| | coloniser | to colonise |
| une | colonne | column, bottle bank |
| | colorer | to dye (hair) |
| | colorier | to colour in |
| un | col roulé | polo-neck jumper |
| | combien (de) | how many |
| c'est | combien … ? | how much is … ? |
| | combien de temps | how long |
| une | combinaison de plongée | wet suit |
| un | combiné | telephone receiver |
| une | comédie | comedy |
| | comique | comic |
| une | commande | order |
| | commander | to order |

■ = masculine noun  ■ = feminine noun  ■ = verb  ■ = adjective

| | | |
|---|---|---|
| | **comme** | like, as in |
| | **comme ça** | like this |
| | **comme d'habitude** | as usual |
| | commencer | to start, to begin |
| | **comment** | how, what … like |
| c'est | **comment?** | what's it like? |
| | **comment ça marche?** | how does it work? |
| | **comment est-il?** | what's he like? |
| | **comment t'appelles-tu?** | what's your name? |
| | **comment y vas-tu?** | how are you going there? |
| un | commentaire | commentary |
| un | commerce | business, trade |
| | **comme vous le savez** | as you know |
| un | commissariat de police | police station |
| | commode | convenient, handy |
| une | commode | chest of drawers |
| (en) | commun | (in) common |
| une | communauté | community |
| une | communication | communication |
| | communiquer | to communicate |
| une | compagnie | company |
| un | compagnon | companion |
| une | comparaison | comparison |
| un | compétiteur | male competitor |
| une | compétitrice | female competitor |
| une | complainte | lament |
| | complet/complète | full |
| | complètement | completely |
| | compléter | to complete |
| un | complexe sportif | sports centre |
| un | complice | accomplice, ally |
| | compliqué | complicated |
| | composer | to dial (a number) |
| un | compositeur | composer |
| | compréhensif/ | |
| | compréhensive | understanding |
| | comprendre | to understand |
| je ne | comprends pas | I don't understand |
| un | comprimé | tablet |
| | compris? | get it?, understand? |
| tout | compris | all inclusive |
| | compter | to count |
| un | comptoir | counter |
| | concentrer | to concentrate |
| un | concert | concert |

A
B
**C**
D
E
F
G
H
I
J
K
L
M
N
O
P
Q
R
S
T
U
V
W
X
Y
Z

■ = masculine noun  ■ = feminine noun  ■ = verb  ■ = adjective

| | | |
|---|---|---|
| un | concierge | male caretaker |
| une | concierge | female caretaker |
| un | concours | competition |
| le | conditionnement | packaging |
| | conduire | to drive |
| la | conférence | conference |
| une | confiance (en soi) | (self-)confidence, trust |
| une | confiserie | sweet shop |
| la | confiture | jam |
| | confortable | comfortable |
| tu | connais | you know (person, place) |
| | connaître | to know |
| | connu | known |
| un | conseil | advice |
| | conseillé | recommended |
| | conseiller | to advise |
| les | conseils | advice |
| une | conséquence | consequence |
| en | conserve | tinned |
| | consommer | to consume |
| une | consonne | consonant |
| | constamment | constantly |
| (boa) | constricteur | (boa) constrictor |
| un | constructeur | builder |
| | construire | to build |
| | consulter | to ask |
| | contacter | to contact |
| | contenir | to contain |
| | content | happy, pleased |
| un | continent | continent |
| | continuer | to continue |
| un | contorsionniste | male contortionist |
| une | contorsionniste | female contortionist |
| une | contradiction | contradiction |
| le | contraire | the opposite |
| un | contrat d'enregistrement | recording contract |
| | contre | versus, against |
| | contre-attaquer | to strike back |
| un | contrôle | assessment, test |
| | contrôler | to control |
| un | contrôleur aérien | air traffic controller |
| | cool | cool |
| les | coordonnées | address/location details |
| un | copain | mate, friend |
| les | copains | friends |

■ = masculine noun  ■ = feminine noun  ■ = verb  ■ = adjective

| | | |
|---|---|---|
| une | copie | piece of work |
| | copier | to copy |
| | copieux/copieuse | filling (meal) |
| une | copine | mate, friend |
| le | coq **au** vin | chicken cooked in wine |
| le | corail | coral |
| une | corniche | coast road (in mountainous locations) |
| un | corps | body |
| | **correctement** | correctly, properly |
| un | corres(**pondant**) | male penpal |
| une | corres(**pondante**) | female penpal |
| | correspondre | to match, to correspond |
| | correspondre **avec** | to write to |
| | corriger | to correct |
| la | Corse | Corsica |
| un | cosmonaute | male cosmonaut |
| une | cosmonaute | female cosmonaut |
| | cosmopolite | cosmopolitan |
| un | costume | costume, suit |
| un | côté | side |
| une | côte | coast(line) |
| | côte **à** côte | side by side |
| la | Côte **d'**Azur | French Riviera |
| à | côté **de** | next to |
| le | coton | cotton |
| un | cou | neck |
| se | coucher | to go to bed |
| le | coucher **du** soleil | sunset |
| | coucher **en plein air** | to sleep outdoors |
| un | coude | elbow |
| | couler | to flow, to sink (boat) |
| une | couleur | colour |
| les | coulisses | backstage |
| un | couloir | corridor |
| un | coup | a blow |
| un | coupable | guilty person, culprit |
| un | coup **de** téléphone | phone call |
| | coupé | cut |
| une | coupe | cup |
| la | Coupe **du** Monde | World Cup |
| | couper | to cut |
| un | couple | couple |
| un | couplet | verse |
| une | coupure | cut |
| une | cour | playground |

■ = masculine noun  ■ = feminine noun  ■ = verb  ■ = adjective

23

| | | |
|---|---|---|
| | courageux/courageuse | brave |
| un | courant | current |
| un | courant d'air | draught |
| une | courgette | courgette |
| | courir | to run |
| une | couronne | crown |
| un | courrier | mail, post |
| un | courrier électronique | e-mail |
| en | cours | ongoing |
| un | cours | lesson |
| une | course | race |
| faire les | courses | to do the shopping |
| les | courses | shopping |
| des | cours particuliers | private lessons |
| | court | short |
| un | court de tennis | tennis court |
| le | couscous | couscous |
| un | cousin | male cousin |
| une | cousine | female cousin |
| un | coût | cost |
| un | couteau | knife |
| ça | coûte combien? | how much is it? |
| | coûter | to cost |
| un | couvercle | lid |
| | couvrir | to cover |
| un | crabe | crab |
| un | crapaud | toad |
| | craquant | crunchy |
| une | cravate | tie |
| un | crayon | pencil |
| | créatif/créative | creative |
| à | crédit | on credit |
| | créer | to create |
| une | crème | cream |
| la | crème anglaise | custard |
| une | crème anti-moustique | anti-mosquito cream |
| une | crème solaire | sun-cream, suntan lotion |
| | crémeux/crémeuse | creamy |
| le | créole | Creole (language) |
| une | crêpe | pancake |
| | crever | to burst |
| | crier | to call out, to shout out |
| une | crise cardiaque | heart attack |
| une | critique | review |
| un | crocodile | crocodile |

■ = masculine noun ■ = feminine noun ■ = verb ■ = adjective

|  | | |
|---|---|---|
| | croire | to believe |
| | croiser | to cross |
| les mots | croisés | crossword |
| une | croisière | cruise |
| un | croissant | croissant |
| le | cross | cross-country running |
| la | crotte | dog pooh |
| une | cuillère | spoon |
| une | cuillerée | spoonful |
| faire | cuire | to cook |
| la | cuisine | cooking, kitchen |
| une | cuisine | kitchen |
| | cuisiner | to cook |
| un | cuisinier | cook, chef |
| une | cuisinière | cooker |
| une | cuisse de grenouille | frog's leg |
| la | cuisson | cooking |
| une plaque de | cuisson | hot plate |
| | culinaire | to do with cooking |
| | culturel/culturelle | cultural |
| | cumulatif/cumulative | cumulative |
| un | cybercafé | Internet café |
| un | cyber-copain | cyberfriend |

= masculine noun   = feminine noun   = verb   = adjective

# Dd

| | | |
|---|---|---|
| | **d'** | (short for *de*) |
| un | dactylo | male typist |
| une | dactylo | female typist |
| une | dame | woman |
| le | Danemark | Denmark |
| | **dangereux/dangereuse** | dangerous |
| | **dans** | in, into |
| une | danse | dance |
| | danser **(avec)** | to dance (with) |
| une | danseuse | dancer |
| | **dans le** coin | nearby |
| | **dans l'**ordre | in order |
| un | dard | spear |
| une | date | date (day) |
| une | date **de** naissance | date of birth |
| une | datte | date (fruit) |
| un | dauphin | dolphin |
| un | dé | dice |
| | **de (d')** | of, from, by |
| | débarrasser | to clear (the table) |
| un | débile | stupid person |
| | déborder | to overflow |
| | débrouiller | to unscramble, to sort out, to manage |
| au | début | at the start |
| un | début | beginning |
| un | débutant | beginner |
| le | début **de** session | logging on |
| | décembre | December |
| les | déchets | rubbish |
| | déchirer | to tear |
| | décider **(de)** | to decide (to) |
| une | décision | decision |
| | décoller | to take off (plane), to unstick |
| | décontracté | relaxed, casual |
| | décorer | to decorate |
| le | découragement | discouragement |
| | découvert | discovered |
| une | découverte | discovery |
| | découvrir | to discover |
| | décrire | to describe |
| | décrocher | to pick up (the phone) |
| | **déçu** | disappointed |

■ = masculine noun  ■ = feminine noun  ■ = verb  ■ = adjective

| | | |
|---|---|---|
| | défaire | to undo |
| un | défaut | fault |
| un | défilé | procession |
| | dégeler | to defrost |
| | dégoûtant | disgusting |
| | dégoûté | disgusted |
| un | degré | degree |
| | déguiser | to dress up |
| | déguster | to taste |
| | dehors | outside |
| | déjà | already |
| | déjeuner | to have lunch |
| un | déjeuner | lunch |
| | de l'/de la/du/des | some |
| | délavé | faded |
| | délicieux/délicieuse | delicious |
| | demain | tomorrow |
| | demander | to ask |
| | déménager | to move house |
| | demi | half |
| et | demie | half past |
| un | demi-frère | half-brother |
| une | demi-heure | half hour |
| un | demi-pensionnaire | pupil who eats in the canteen at lunchtime |
| une | demi-sœur | half-sister |
| | démodé | out of fashion |
| | démolir | to demolish |
| une | dent | tooth |
| le | dentifrice | toothpaste |
| la | dentition | teeth |
| les | dents | the teeth |
| un | départ | departure |
| un | département | 'county' in France |
| se | dépêcher | to hurry |
| ça | dépend | it depends |
| | dépendre | to depend |
| | dépenser | to spend |
| | déplacer | to move, drag |
| un | dépliant | leaflet |
| | déplier | to unfold |
| | de plus en plus | more and more |
| | depuis | since |
| | depuis longtemps | for a long time |
| | déranger | to disturb |

■ = masculine noun  ■ = feminine noun  ■ = verb  ■ = adjective

27

| | | |
|---|---|---|
| | **dernier/dernière** | last |
| | **derrière** | behind |
| | **des** | some |
| | **désagréable** | unpleasant |
| un | **désastre** | disaster |
| quel | **désastre!** | what a disaster! |
| | **désastreux** | disastrous |
| | **descendez!** | get off! |
| | **descendre** | to go down, to come down |
| je suis | **descendu(e)** | I went down |
| une | **descente** | descent |
| une | **description** | description |
| | **désespéré** | in despair |
| se | **déshabiller** | to get undressed |
| une | **déshydratation** | dehydration |
| | **désirer** | to want |
| | **désolé** | sorry |
| être | **désolé** | to be sorry |
| en | **désordre** | untidy |
| un | **désordre** | mess |
| | **désorganisé** | disorganised |
| un | **dessert** | dessert |
| un | **dessin** | drawing |
| je/tu | **dessinais** | I/you drew |
| un | **dessin animé** | cartoon |
| | **dessiner** | to draw |
| | **dessous** | underneath |
| au- | **dessus de** | above |
| un | **détail** | detail |
| | **détaillé** | detailed |
| | **détecter** | to detect |
| se | **détendre** | to relax |
| | **détends!** | relax! |
| | **détester** | to hate |
| | **détruire** | to destroy |
| | **deux** | two |
| à | **deux** | pairwork |
| | **deux fois par semaine** | twice a week |
| | **deuxième** | second |
| | **devant** | outside, in front of |
| | **développer** | to develop |
| | **devenir** | to become |
| | **devenu** | become |
| vous | **devez** | you must |
| | **deviner** | to guess |

■ = masculine noun   ■ = feminine noun   ■ = verb   ■ = adjective

| | | |
|---|---|---|
| une | devinette | guessing game |
| | devoir | must, to have to |
| un | devoir | homework |
| les | devoirs | homework |
| nous | devons | we must |
| le | diabète | diabetes |
| un | dialecte | dialect |
| un | dialogue | conversation, dialogue |
| une | diapositive | slide |
| une | dictée | dictation |
| un | dictionnaire | dictionary |
| | dieppois | from Dieppe |
| une | différence | difference |
| | différent | different |
| | difficile | difficult, hard |
| la | digestion | digestion |
| | dimanche | Sunday |
| une | dinde | turkey |
| un | dindon | turkey |
| | dîner | to have an evening meal |
| un | dîner | evening meal/dinner |
| un | dinosaure | dinosaur |
| un | dioxyde **de** carbone | carbon dioxide |
| | dire | to say |
| | directement | directly |
| un | directeur | male head teacher |
| une | direction | direction |
| une | directrice | female head teacher |
| | discuter | to discuss |
| ils | disent | they say |
| | disparaître | to disappear |
| | disparu | disappeared |
| | disponible | available |
| une | dispute | argument |
| se | disputer | to argue |
| un | disque | record, disk |
| une | disquette | floppy disk |
| une | distance | distance |
| une | distillerie | distillery |
| | distrait | forgetful |
| | distribuer | to give out, to hand out |
| un | distributeur | vending machine |
| il | dit | he says |
| | divisé | divided |
| | diviser | to divide |

A
B
C
**D**
E
F
G
H
I
J
K
L
M
N
O
P
Q
R
S
T
U
V
W
X
Y
Z

■ = masculine noun  ■ = feminine noun  ■ = verb  ■ = adjective

| | | |
|---|---|---|
| | divorcé | divorced |
| | divorcer | to divorce |
| | dix | ten |
| | dix-huit | eighteen |
| | dix-huit heures | six o'clock (pm) |
| | dixième | tenth |
| un | docteur | doctor |
| un | documentaire | documentary |
| un | doigt | finger |
| je | dois | I must |
| il/elle/on | doit | he/she/one must |
| ils/elles | doivent | they must |
| | domestique | domestic |
| à | domicile | at home |
| le | domicile | home address |
| | donc | so, therefore |
| | donner | to give |
| | donner à manger | to feed |
| | donnez-moi | give me |
| j'ai | dormi | I slept |
| | dormir | to sleep |
| je/tu | dors | I/you sleep |
| il/elle/on | dort | he/she/one sleeps |
| le | dortoir | dormitory |
| le | dos | back |
| le | dossier | file |
| le | double | double |
| | doucement | softly |
| je me | douche | I have a shower |
| une | douche | shower |
| se | doucher | to have a shower |
| | doué | gifted, talented |
| un | doute | doubt |
| | Douvres | Dover |
| | doux/douce | soft, mild |
| une | douzaine | dozen |
| | douze | twelve |
| un | drapeau | flag |
| | dresser une tente | to put up a tent |
| une | drogue | drug |
| | droit | straight |
| à | droite | (on the) right |
| la | droite | right |
| | drôle | amusing, funny |
| | du | of the, some |

■ = masculine noun  ■ = feminine noun  ■ = verb  ■ = adjective

| | | |
|---|---|---|
| a | **dû** | must have |
| | **dur** | hard, difficult |
| **une** | **durée** | period of time, duration |
| | **durer** | to last |

 = masculine noun      = feminine noun      = verb      = adjective

# Ee

| | | |
|---|---|---|
| l' | eau | water |
| l' | eau froide | cold water |
| l' | eau (minérale) | (mineral) water |
| un | échange | exchange |
| une | écharpe | scarf |
| les | échecs | chess |
| une | échelle | ladder |
| un | éclair | flash of lightning |
| un | éclairage | lighting |
| un | éclairagiste | lighting engineer |
| un | éclat | brilliance |
| une | école | school |
| un | écolo | 'green'/ecology-minded person |
| | écologique | ecological |
| | économiser | to save (up) |
| | écossais | Scottish |
| l' | Écosse | Scotland |
| j'/tu | écoutais | I/you listened |
| | écouter | to listen |
| | écouter **de la** musique | to listen to music |
| un | écran | screen |
| | écrasé | crushed |
| | écrire | to write |
| ça s' | écrit **comment?** | how is that spelt? |
| une | écriture | (hand)writing |
| un | écrivain | writer |
| | Édimbourg | Edinburgh |
| l' | éducation civique | PSHE |
| l' | éducation physique | PE |
| | éduquer | to educate |
| | effacer | to delete |
| un | effaceur | ink eraser |
| en | effet | indeed |
| les | effets spéciaux | special effects |
| | effrayant | frightening |
| | effrayé | frightened |
| | égal | equal |
| ça m'est | égal | I don't mind |
| | également | also |
| une | église | church |
| | égoïste | selfish |
| l' | Égypte | Egypt |

= masculine noun   = feminine noun   = verb   = adjective

| | | |
|---|---|---|
| | égyptien/égyptienne | Egyptian |
| une | élection | election |
| | électrique | electric |
| | électroménager | electrical |
| | électronique | electronic |
| un | éléphant | elephant |
| un | élève | male pupil |
| une | élève | female pupil |
| | éliminer | to vote off |
| | elle | she |
| | elles | they |
| un | emballage | packaging |
| | embêtant | annoying |
| c'est | embêtant | it's annoying |
| un | emblème | emblem |
| un | embouteillage | traffic jam |
| | embrasser | to kiss, to hug |
| une | émission | TV programme |
| une | émission de TV | TV programme |
| un | emoticon | smiley (Internet, text message) |
| une | émotion | excitement |
| | émouvant | moving, touching |
| un | empereur | emperor |
| un | emploi | job |
| un | emploi à mi-temps | part-time job |
| un | emploi du temps | personal timetable |
| un | employé | male employee |
| un | employé de banque | bank clerk |
| une | employée | female employee |
| | emporter | to carry |
| | emprunter | to borrow |
| | en | in, into, on, while, by |
| | enceinte | pregnant |
| une | enceinte | loudspeaker |
| | enchanté | delighted, pleased to meet you |
| | encore | still, yet, more |
| | encore du/de la ... | some more ... |
| | encore une fois | once again |
| | endormi | asleep |
| s' | endormir | to fall asleep, to go to sleep |
| un | endroit | place |
| | en effet | that's right, so it is |
| l' | énergie | energy |
| | énergique | energetic |
| ça m' | énerve! | that really annoys me! |

A B C D **E** F G H I J K L M N O P Q R S T U V W X Y Z

---

■ = masculine noun   ■ = feminine noun   ■ = verb   ■ = adjective

33

| | | |
|---|---|---|
| il m' | énerve | he gets on my nerves |
| l' | enfance | childhood |
| un | enfant | child |
| | enfantin | childish |
| | enfin | at last |
| | enfoncer | to push in |
| | enlever | to take off, remove |
| un | ennemi | enemy |
| s' | ennuyer | to get bored |
| | ennuyeux/ennuyeuse | boring, annoying |
| | énorme | huge |
| | énormément | enormously |
| une | enquête | survey, inquiry |
| un | enregistrement | recording |
| | enregistrer | to record |
| être | enrhumé | to have a cold |
| s' | enrhumer | to catch a cold |
| un | enseignement | teaching |
| | enseigner | to teach |
| | ensemble | together |
| un | ensemble | whole |
| | ensoleillé | sunny |
| | ensuite | next, then |
| | entendre | to hear |
| bien s' | entendre (avec) | to get on well (with) |
| j'ai | entendu | I heard |
| un | enterrement | funeral |
| | entier | whole, full |
| en | entier | in full |
| | entourer | to circle |
| un | entracte | interval |
| un | entraînement | training |
| s' | entraîner | to practise |
| | entre | between |
| une | entrée | entrance hall, starter |
| les | entrées | starters |
| un | entrepôt | warehouse |
| | entreprendre | to undertake |
| | entrer | to enter, to log on (computer) |
| | entrez! | come in! |
| une | enveloppe | envelope |
| à l' | envers | upside down |
| avoir | envie de | to feel like |
| | environ | about, around |
| un | environnement | environment |

■ = masculine noun  ■ = feminine noun  ■ = verb  ■ = adjective

| |  |  |
|---|---|---|
| | envoie! | send! |
| | envoyer | to send |
| une | épaule | shoulder |
| | épeler | to spell |
| une | épice | spice |
| | épicé | spicy |
| des | épinards | spinach |
| | épineux/épineuse | spiky |
| un | épisode | episode |
| | éplucher | to peel |
| | épouser | to marry |
| un | équilibre | balance |
| un | équipage | crew |
| | équipé | fitted |
| une | équipe | team |
| un | équipement | equipment |
| l' | équitation | horse riding |
| une | erreur | mistake |
| une | éruption | eruption |
| tu | es | you are |
| l' | escalade | climbing |
| un | escalier | staircase |
| les | escaliers | stairs |
| une | escargolade | festival of tasting snails and wine |
| un | escargot | snail |
| l' | esclavage | slavery |
| un | esclave | slave |
| l' | escrime | fencing |
| l' | espace | (outer) space |
| l' | Espagne | Spain |
| l' | espagnol | Spanish (language) |
| un | Espagnol | Spanish man |
| une | Espagnole | Spanish woman |
| une | espèce | a kind, a sort |
| une | espérance de vie | life expectancy |
| j' | espère | I hope |
| | espérer | to hope, expect |
| | essayer (de) | to try (to) |
| l' | essence | petrol |
| l' | essentiel | essentials |
| il/elle/on | est | he/she/one is |
| l' | est | east |
| | est-ce que tu … ? | do you … ? |
| | estimé | estimated |
| l' | estomac | stomach |

■ = masculine noun  ■ = feminine noun  ■ = verb  ■ = adjective

35

| | | |
|---|---|---|
| | **et** | and |
| un | établissement scolaire | school |
| un | étage | storey, floor |
| une | étagère | bookshelf |
| j' | étais | I was |
| (c') | était | (it) was |
| une | étape | stopping place |
| un | état | state |
| les | États-Unis | United States |
| l' | été | summer |
| | éteindre | to turn off |
| un | étendage | washing line |
| vous | êtes | you are |
| vous | étiez | you were |
| une | étiquette | label |
| une | étoile | star |
| | étonnant | surprising, astonishing |
| | étonné | surprised |
| s' | étonner | to be amazed |
| | étrange | strange |
| | étranger/étrangère | foreign |
| à l' | étranger | abroad |
| une langue | étrangère | foreign language |
| | être | to be |
| | être né(e) | to be born |
| | étroit | narrow |
| les | études | studies |
| un | étudiant | male student |
| une | étudiante | female student |
| | étudier | to study |
| j'ai | eu | I had |
| | euh ... | er ... |
| un | euro | euro (unit of currency) |
| un | Européen | European man |
| une | Européenne | European woman |
| | eux | them |
| chez | eux | at their house |
| | éveillé | awake |
| un | événement | event |
| | évidemment | obviously |
| | évident | obvious |
| | éviter | to avoid |
| | exactement | exactly |
| | exagérer | to exaggerate |
| un | examen | exam |

■ = masculine noun  ■ = feminine noun  ■ = verb  ■ = adjective

|  | examiner | to examine |
|---|---|---|
| une | excursion | trip |
| s' | excuser | to apologise |
| par | exemple | for example |
| un | exemple | example |
| s' | exercer | to practise |
| un | exercice | exercise |
|  | exister | to exist |
|  | exotique | exotic |
| une | expédition | expedition |
| une | explication | explanation |
|  | expliquer | to explain |
| un | explorateur | male explorer |
| une | exploratrice | female explorer |
|  | explorer | to explore |
|  | exploser | to explode |
| une | expo(sition) | exhibition, display, exposure |
| une | expression | word, phrase |
| une | expression-clé | key expression |
|  | exquis | exquisite |
| l' | extérieur | (the) outside |
| un | externe | pupil who goes home for lunch |
| un | extrait | extract |
| un | extraterrestre | extraterrestrial |
|  | extrême | extreme |

A B C D E F G H I J K L M N O P Q R S T U V W X Y Z

■ = masculine noun   ■ = feminine noun   ■ = verb   ■ = adjective

# Ff

A B C D E **F** G H I J K L M N O P Q R S T U V W X Y Z

| | | |
|---|---|---|
| | fabriquer | to make |
| en | face (de) | opposite |
| une | face | side |
| | fâché | angry, cross |
| | facile | easy |
| | facilement | easily |
| un | facteur | postman |
| une | factrice | postwoman |
| | faible | weak, bad at |
| avoir | faim | to be hungry |
| j'ai | faim | I'm hungry |
| la | faim | hunger |
| | faire | to make, to do |
| | faire attention | to pay attention |
| | faire beau | to be fine |
| | faire chaud/froid | to be hot/cold |
| | faire correspondre | to match up |
| | faire de la natation | to go swimming |
| | faire de même | to do the same |
| | faire des exercices | to exercise |
| | faire du roller | to go roller-skating |
| | faire du shopping | to go shopping |
| | faire du sport | to practise sport |
| | faire les courses | to go shopping |
| | faire mal | to hurt |
| | faire pipi | to have a pee |
| | faire une allergie à | to be allergic to |
| | faire une balade à vélo | to go for a bike ride |
| | faire un essai | to try something out |
| je/tu | fais | I/you make |
| je | faisais | I did |
| | fais attention! | be careful! |
| | faisons! | let's do it! |
| nous | faisons | we make, do |
| | fais voir! | let's see! |
| il/elle/on | fait | he/she/one makes, does |
| j'ai | fait | I made |
| il | fait beau | the weather's good |
| il | fait chaud | it's hot |
| il | fait du brouillard | it's foggy |
| il | fait du vent | it's windy |
| | faites! | make!, do! |

38

■ = masculine noun　■ = feminine noun　■ = verb　■ = adjective

| | | |
|---|---|---|
| vous | faites | you make, do |
| ça | fait mal | that hurts |
| il | fait mauvais | that weather's bad |
| j'ai | fait mes devoirs | I did my homework |
| une | falaise | cliff |
| il | fallait ... | ... were needed |
| | falsifier | to falsify |
| | familial | concerning the family |
| une | famille | family |
| un | fanatique/fana | male fan |
| une | fanatique/fana | female fan |
| une | fantaisie | fantasy |
| | fantaisiste | imaginative |
| | fantastique | fantastic |
| un | fantôme | ghost |
| la | farine | flour |
| | fasciné | fascinated |
| le | fast-food | fast-food restaurant |
| | fatigant | tiring |
| | fatigué | tired |
| il | faut | it's necessary to |
| il me/te | faut | I/you need |
| une | faute | fault |
| un | fauteuil | armchair |
| un | fauteuil roulant | wheelchair |
| | faux/fausse | false |
| | favori/favorite | favourite |
| | faxé | faxed |
| | félicitations | congratulations |
| une | femelle | female |
| | féminin | feminine |
| une | femme | woman, wife |
| une | femme d'affaires | businesswoman |
| par la | fenêtre | out of the window |
| une | fenêtre | window |
| un | fer à cheval | horseshoe |
| un jour | férié | public holiday |
| | ferme | stiff, firm |
| | fermé | closed |
| une | ferme | farm |
| | fermer | to close, to shut |
| un | fermier | male farmer |
| une | fermière | female farmer |
| | féroce | fierce |
| la | ferraille | scrap iron |

■ = masculine noun   ■ = feminine noun   ■ = verb   ■ = adjective

39

A
B
C
D
E
**F**
G
H
I
J
K
L
M
N
O
P
Q
R
S
T
U
V
W
X
Y
Z

| | | |
|---|---|---|
| une | fête | celebration, party, festival, holiday |
| la | fête des Mères | Mother's Day, Mothering Sunday |
| la | fête nationale | national holiday |
| | fêter | to celebrate |
| un | feu | heat, fire |
| un | feu d'artifice | firework display |
| une | feuille | leaf, sheet |
| une | feuille de travail | worksheet |
| un | feuilleton | TV soap (opera) |
| un | feutre | felt-tip pen |
| les | feux tricolores | traffic lights |
| une | fève | charm |
| | février | February |
| les | fiançailles | engagement |
| une | fiche | form |
| une | fiche de travail | worksheet |
| une | fiche d'inscription | membership form |
| un | fichier | file (computer) |
| une | fièvre | fever |
| une | figue | fig |
| un | filet | net |
| une | fille | girl, daughter |
| une | fille unique | only child |
| un | film | film |
| un | film comique | comedy film |
| un | film d'amour | romance film |
| un | film d'aventures | adventure film |
| un | film de science-fiction | science-fiction film |
| un | film d'horreur | horror film |
| un | film indien | Bollywood film |
| un | film policier | detective film |
| un | fils | son |
| un | fils unique | only child |
| une | fin | end |
| une | finale | final |
| | finalement | at last |
| | financer | to finance |
| | financier/financière | financial |
| | fini | finished |
| j'ai | fini | I've finished |
| | finir | to end, to finish |
| un | flacon | bottle, flask |
| un | flamant rose | pink flamingo |
| une | flaque d'eau | puddle |
| une | flèche | arrow |

■ = masculine noun  ■ = feminine noun  ■ = verb  ■ = adjective

| | | |
|---|---|---|
| les | fléchettes | darts |
| une | fleur | flower |
| un | fleuriste | florist |
| un | fleuve | river |
| une | flotte | fleet |
| une | flûte | flute |
| une | flûte à bec | recorder |
| ma | foi! | goodness! |
| le | foie | liver |
| deux | fois | twice |
| une | fois | time, occasion |
| une | fois | once |
| une | fois par semaine | once a week |
| | folklorique | folk |
| | foncé | dark |
| à | fond | full volume |
| au | fond | at the bottom |
| | fondre | to melt |
| | fondu | melted |
| ils/elles | font | they're making, they're doing |
| le | foot(ball) | football |
| un | footballeur | footballer |
| de | force égale | of equal strength |
| une | forêt | forest |
| en | forme | fit, healthy |
| la | forme | fitness |
| une | formule | formula |
| | fort | strong |
| | fou/folle | mad |
| un | foulard | scarf |
| un | four | oven, cooker |
| un | four à micro-ondes | microwave oven |
| une | fourmis | ant |
| un | fournisseur | supplier |
| les | fournitures scolaires | school equipment |
| le | fourrage | fodder |
| | frais/fraîche | fresh |
| une | fraise | strawberry |
| les | framboises | raspberries |
| | français | French |
| le | français | French (language) |
| un | Français | French man |
| une | Française | French woman |
| la | France | France |
| | francophone | French-speaking |

|  | frapper | to hit, to knock |
|---|---|---|
| un | frein | brake |
| une | fréquence | frequency |
| le | frère (cadet) | (younger) brother |
| le | frère jumeau | twin brother |
| un | frigo | fridge |
|  | frisé | curly |
| les | frites | chips |
|  | froid | cold |
| avoir | froid | to be cold |
| il fait | froid | it's cold |
| un | fromage | cheese |
| une | frontière | border |
| un | fruit | fruit |
| les | fruits de mer | seafood |
| la | fumée | smoke |
|  | fumer | to smoke |
| un | fumeur | smoker |
| un | funiculaire | cable car, funicular |
|  | furieux/furieuse | furious |
| une | fusée | rocket |
| un | futur (mari) | future (husband) |

A
B
C
D
E
**F**
G
H
I
J
K
L
M
N
O
P
Q
R
S
T
U
V
W
X
Y
Z

= masculine noun   = feminine noun   = verb   = adjective

# Gg

|  | | |
|---|---|---|
| | **gagnant** | winning |
| j'ai | **gagné** | I won |
| | **gagner** | to win, to earn |
| une | **galaxie** | galaxy |
| la | **galette du** roi | special cake eaten on 6th January |
| le Pays de | **Galles** | Wales |
| | **gallois** | Welsh |
| un | **gant** | glove |
| un | **garage** | garage |
| une | **garantie** | guarantee |
| un | **garçon** | boy |
| | **garder** | to look after |
| un | **gardien** | male keeper |
| une | **gardienne** | female keeper |
| une | **gare** | station |
| | **garer** | to park |
| un | **gars** | boy |
| ces | **gars-là** | those lads over there |
| | **gaspiller** | to waste |
| | **gâté** | spoilt |
| un | **gâteau** | cake |
| (à) | **gauche** | (on the) left |
| la | **gauche** | left |
| une | **gaufre** | waffle |
| | **gazeux/gazeuse** | fizzy |
| | **géant** | giant |
| une | **gelée** | jelly |
| | **geler** | to freeze |
| | **général** | general |
| en | **général** | in general |
| | **généreux/généreuse** | generous |
| | **Genève** | Geneva |
| | **génial** | great, fantastic, brilliant |
| un | **génie** | genius |
| un | **genou** | knee |
| un | **genre** | kind, type |
| les | **gens** | people |
| | **gentil/gentille** | kind |
| un | **géographe** | geographer |
| la | **géo(graphie)** | geography |
| un | **geste** | movement |
| une | **girafe** | giraffe |

---

■ = masculine noun   ■ = feminine noun   ■ = verb   ■ = adjective          43

A
B
C
D
E
F
**G**
H
I
J
K
L
M
N
O
P
Q
R
S
T
U
V
W
X
Y
Z

| | | |
|---|---|---|
| un | gîte | holiday home |
| une | glace | ice cream, mirror |
| | glacé | iced |
| un | glacier | glacier |
| | glissant | slippery |
| | glisser | to slide |
| un | glossaire | glossary |
| le | golf | golf |
| une | gomme | eraser, rubber |
| | gommer | to rub out |
| se | gonfler | to puff oneself up |
| une | gorge | throat |
| | gourmand | greedy |
| une | gousse | clove |
| un | goût | taste |
| | goûter | to have an afternoon snack |
| un | goûter | snack |
| un | gouvernement | government |
| | **grâce à** | thanks to |
| les | graines | seeds |
| | graisser | to grease |
| une | grammaire | grammar |
| un | gramme | gram |
| | grand | big, great, tall |
| le/la plus | grand(e) | the biggest |
| plus | grand | bigger |
| | **grand-chose** | much |
| pas | **grand-chose** | not much |
| la | Grande-Bretagne | Great Britain |
| une | grande surface | hypermarket, superstore |
| les | grandes vacances | summer holidays |
| une | grandeur | size |
| | grandir | to grow |
| une | grand-mère | grandmother |
| un | grand-père | grandfather |
| la | grand-rue | high street |
| les | grands magasins | the department stores |
| les | grands-parents | grandparents |
| un | graphique | chart |
| | gras/grasse | fat |
| en | gras | in bold |
| Mardi | gras | Shrove Tuesday |
| la | grasse matinée | lie-in |
| un | gratin dauphinois | sliced potatoes baked with cheese and garlic |

■ = masculine noun  ■ = feminine noun  ■ = verb  ■ = adjective

| | | |
|---|---|---|
| | gratuit | free |
| | grave | serious |
| ce n'est pas | grave | it doesn't matter |
| | **gravement** | seriously |
| un | graveur | CD-writer |
| | grec/grecque | Greek |
| la | Grèce | Greece |
| une | greffe **du** cœur | heart transplant |
| un | grenier | attic, loft |
| une | grenouille | frog |
| une | grille | grid |
| | grillé | grilled, toasted |
| | gris | grey |
| il fait | gris | it's overcast |
| | grisé | carried away by |
| je me fais | gronder | I'm told off |
| | gros/grosse | big, fat |
| | gros bisous | with love from |
| une | grossesse | pregnancy |
| un | groupe | group |
| un | guépard | cheetah |
| une | guerre | war |
| la | Guerre **des** étoiles | Star Wars |
| un | guichet | ticket office |
| | guidé | guided |
| | guillotiner | to guillotine |
| une | guitare | guitar |
| la | Guyane | Guyana |
| un | gymnase | gymnasium |
| la | gymnastique | gymnastics |
| une | gymnastique rythmique **et** sportive | rhythmic gymnastics |

A
B
C
D
E
F
**G**
H
I
J
K
L
M
N
O
P
Q
R
S
T
U
V
W
X
Y
Z

# Hh

| | | |
|---|---|---|
| | habillé | dressed |
| je m' | habille | I get dressed |
| s' | habiller | to get dressed |
| un | habitant | male inhabitant, resident |
| une | habitante | female inhabitant, resident |
| | habité | lived-in, inhabited |
| j' | habite à | I live in |
| | habiter | to live |
| où | habites-tu? | where do you live? |
| d' | habitude | usually, normally |
| une | habitude | habit |
| | habituel | usual |
| | habituellement | usually |
| un | hamburger | burger |
| un | hamster | hamster |
| un | handicapé | disabled person |
| | hanté | haunted |
| les | haricots | beans |
| un | haricot vert | green bean |
| un | harmonica | mouth organ |
| | haut/haute | high |
| en | haut | at the top |
| | hautement | highly |
| la | hauteur | height |
| à | hauteur de | at the height of |
| à | haute voix | out loud |
| l' | hébreu | Hebrew |
| un | hectare | hectar |
| | hein? | eh? |
| | hélas | alas, sadly |
| l' | herbe | grass |
| | héréditaire | hereditary |
| un | hérisson | hedgehog |
| un | héros | hero |
| | hésiter | to hesitate |
| à l' | heure | on time |
| à tout à l' | heure | see you later |
| l' | heure | the time |
| une | heure | hour |
| à trois | heures | at three o'clock |
| à sept | heures | at seven o'clock |
| | heureusement | fortunately, happily |

■ = masculine noun　■ = feminine noun　■ = verb　■ = adjective

| | | |
|---|---|---|
| | heureux/heureuse | happy |
| | heurter | to crash, to bump into, to hit, to strike |
| un | hibou | owl |
| | hier | yesterday |
| un | hippopotame | hippopotamus |
| l' | histoire | history, story |
| une | histoire | story |
| l' | histoire-géo | geography and history |
| les | histoires de fantômes | ghost stories |
| | historique | historic |
| le | hit-parade | the charts |
| l' | hiver | winter |
| | hollandais | Dutch |
| la | Hollande | Holland |
| un | homme | man |
| un | homme d'affaires | businessman |
| un | hôpital | hospital |
| un | horaire | timetable |
| une | horloge | clock |
| un | horoscope | horoscope |
| quelle | horreur! | how awful! |
| avoir | horreur de | to hate something |
| | horrible | horrible |
| un | hors-d'œuvre | starter |
| un | hôtel | hostel, hotel |
| un | hôtel de ville | town hall |
| une | hôtesse | hostess |
| l' | huile | oil |
| l' | huile d'olive | olive oil |
| | huit | eight |
| | huitième | eighth |
| une | huître | oyster |
| un | humain | human |
| une | humeur | mood |
| | humide | humid |
| une bonne | hygiène de vie | healthy lifestyle |
| un | hymne | hymn, anthem |
| un | hypermarché | hypermarket |
| l' | hypertension | high blood pressure |

A
B
C
D
E
F
G
**H**
I
J
K
L
M
N
O
P
Q
R
S
T
U
V
W
X
Y
Z

■ = masculine noun  ■ = feminine noun  ■ = verb  ■ = adjective

# Ii

| | | |
|---|---|---|
| | ici | here |
| une | icône | icon, symbol |
| | idéal | ideal |
| une | idée | idea |
| | identifier | to identify |
| | idiot | idiotic, stupid |
| une | igname | yam |
| | il | he, it |
| une | île | island |
| une | île déserte | desert island |
| l' | île Maurice | Mauritius |
| | il faut | you need, you must |
| | illuminer | to light up |
| | illustré | illustrated |
| | illustrer | to illustrate |
| | il n'y a pas de | there isn't/aren't any |
| | il n'y a pas grand-chose | there isn't much |
| | ils | they |
| | il y a | there is/there are |
| une | image | picture |
| | imaginaire | imaginary |
| | imaginatif/imaginative | imaginative |
| | imaginer | to imagine |
| | imiter | to imitate, to copy |
| | immédiatement | immediately |
| un | immeuble | block of flats |
| l' | imparfait | the imperfect tense |
| un | imperméable | raincoat |
| | important | important, big, substantial, numerous |
| n' | importe quoi! | rubbish! |
| | impressionnant | impressive |
| | impressionné | impressed |
| une | imprimante | printer |
| | imprimer | to print |
| | improbable | unlikely |
| | inattentif/inattentive | inattentive |
| | incliné | inclined |
| | inclus | included |
| | inconnu | unknown |
| un | inconvénient | disadvantage |
| | incroyable | incredible |
| | incroyablement | incredibly |

🔲 = masculine noun  🔲 = feminine noun  🔲 = verb  🔲 = adjective

| | | |
|---|---|---|
| l' | Inde | India |
| | indien/indienne | Indian |
| | indiquer | to indicate, to point out |
| | indispensable | essential |
| une | industrie | industry |
| | inférieur | inferior, lower |
| un | infinitif | infinitive |
| une | infirmière | nurse |
| une | infirmité cérébrale | a sort of physical handicap |
| un | informaticien | male IT technician |
| une | informaticienne | female IT technician |
| les | informations | information, the news |
| l' | informatique | ICT |
| s' | informer sur | to find out about |
| les | infos | news |
| un | ingénieur | engineer |
| un | ingrédient | ingredient |
| un | inhalateur | inhaler |
| | inoubliable | unforgettable |
| | inquiet/inquiète | worried |
| s' | inquiéter | to be worried |
| s' | inscrire à | to join |
| un | insecte | insect |
| un | inspecteur | male inspector |
| une | inspectrice | female inspector |
| | installer | to set up |
| un | instant | moment |
| à l' | instant | just |
| une | instruction | instruction |
| | insupportable | unbearable |
| | intelligent | intelligent |
| avoir l' | intention de | to have the intention to |
| | interdit | forbidden |
| | intéressant | interesting |
| s' | intéresser à | to be interested in |
| à l' | intérieur | on the inside |
| | interplanétaire | interplanetary |
| | interroger | to question |
| une | interview | interview |
| | interviewer | to interview |
| un | interviewer | male interviewer |
| une | interviewer | female interviewer |
| | intime | private |
| | introduire | to introduce |
| un | intrus | the odd one out |

A B C D E F G H I J K L M N O P Q R S T U V W X Y Z

■ = masculine noun  ■ = feminine noun  ■ = verb  ■ = adjective

A
B
C
D
E
F
G
H
I
J
K
L
M
N
O
P
Q
R
S
T
U
V
W
X
Y
Z

| | | |
|---|---|---|
| | inutile | useless |
| | inventer | to invent |
| une | invention | invention |
| une | invitation | invitation |
| un | invité | male guest, visitor |
| une | invitée | female guest, visitor |
| | inviter | to invite |
| | irlandais | Irish |
| l' | Irlande | Ireland |
| l' | Irlande du Nord | Northern Ireland |
| | irrégulier/irrégulière | irregular |
| l' | Italie | Italy |
| | italien/italienne | Italian |
| un | itinéraire | itinerary, route |

■ = masculine noun  ■ = feminine noun  ■ = verb  ■ = adjective

# Jj

| | | |
|---|---|---|
| | **j'** | (short for *je*) |
| | **jaloux/jalouse** | jealous |
| | **jamais** | never |
| ne ... | **jamais** | never |
| une | **jambe** | leg |
| une | **jambe de** pantalon | trouser leg |
| un | **jambon** | ham |
| | **janvier** | January |
| le | **Japon** | Japan |
| | **japonais** | Japanese |
| un | **jardin** | garden |
| le | **jardinage** | gardening |
| | **jardiner** | to do the gardening |
| un | **jardin public** | park |
| | **jaune** | yellow |
| | **je** | I |
| un | **jean** | (pair of) jeans |
| | **jeter** | to throw (away) |
| un | **jeton** | token |
| un | **jeu** | game |
| un | **jeu de l'**oie | French board game |
| un | **jeu de** mémoire | memory game |
| un | **jeu de** rôle | role-play |
| un | **jeu de** société | board game, card game |
| | **jeudi** | Thursday |
| | **jeune** | young |
| un | **jeune** | young male |
| une | **jeune** | young female |
| | **jeûner** | to fast |
| les | **jeunes** | young people |
| la | **jeunesse** | youth |
| un | **jeu-test** | quiz |
| un | **jeu vidéo** | video game |
| des | **jeux** | games |
| un | **jogging** | tracksuit (bottoms) |
| la | **joie** | joy |
| | **joli** | pretty |
| j'ai | **joué** | I played |
| je n'ai pas | **joué** | I didn't play |
| | **jouer** | to play |
| | **jouer à/aux ...** | to play ... |
| | **jouer à l'ordinateur** | to play computer games |

■ = masculine noun  ■ = feminine noun  ■ = verb  ■ = adjective

51

A
B
C
D
E
F
G
H
I
**J**
**K**
L
M
N
O
P
Q
R
S
T
U
V
W
X
Y
Z

| | | |
|---|---|---|
| | jouer **au** football | to play football |
| | jouer **au** tennis | to play tennis |
| | jouer **aux** cartes | to play cards |
| | jouer **un** tour | to play a trick |
| un | jouet | toy |
| un | joueur | player |
| un | jour | day |
| le | jour **de l'**An | New Year's Day |
| un | jour **férié** | holiday |
| ce | jour-**là** | that day |
| un | journal | newspaper |
| un | journaliste | male journalist |
| une | journaliste | female journalist |
| une | journée | (whole) day |
| un **de** ces | jours | one of these days |
| | joyeux/joyeuse | happy |
| | joyeux Noël | Merry Christmas |
| le | judo | judo |
| | juif/juive | Jewish |
| | juillet | July |
| | juin | June |
| | jumeau/jumelle | twin |
| une | jupe | skirt |
| une | jupette | short skirt |
| un | jus **(de** fruit**)** | (fruit) juice |
| un | jus **d'**orange | orange juice |
| | jusqu'**à/au** | up until, as far as |
| | juste | fair |

# Kk

| | | |
|---|---|---|
| | kaki | khaki |
| le | karaté | karate |
| un | kayak | kayaking |
| le | ketchup | ketchup |
| un | kilomètre | kilometre |
| un | kinésithérapeute | physiotherapist |

# Ll

| | | |
|---|---|---|
| | l'/la/le/les | the |
| | là | there |
| | là-bas | over there |
| un | labo(ratoire) | lab(oratory) |
| un | lac | lake |
| | là-haut | up there |
| | laid | ugly |
| la | laine | wool |
| | laisser | to leave |
| le | lait | milk |
| une | lampe | lamp |
| | lancer | to throw |
| une | langue | language |
| une | langue étrangère | foreign language |
| une | langue vivante | modern language |
| un | lapin | rabbit |
| | laquelle | which (feminine) |
| | large | wide |
| | largement répandu(e)s | very widespread |
| une | largeur | width |
| les | larmes | tears |
| un | lavabo | washbasin |
| un | lavage | wash |
| la | lavande | lavender |
| la | lave | lava |
| un | lave-linge | washing machine |
| | laver | to wash |
| se | laver | to get washed |
| une | laverie | laundry |
| un | lave-vaisselle | dishwasher |
| | le | the |
| une | leçon | lesson |
| un | lecteur | reader |
| un | lecteur de disquettes | a floppy disk drive |
| un | lecteur DVD | DVD player |
| la | lecture | reading |
| une | légende | caption, key |
| | léger/légère | light |
| un | légume | vegetable |
| les | légumes | vegetables |
| le | lendemain | the next day |
| | lent | slow |

 = masculine noun    ■ = feminine noun    ■ = verb    ■ = adjective     53

| | | |
|---|---|---|
| | **lentement** | slowly |
| une | lentille | lentil |
| | **lequel?** | which? |
| | **les** | the |
| la | lessive | washing (clothes) |
| une | lettre **(de** réclamation**)** | letter (of complaint) |
| | **leur/leurs** | their |
| je me | lève | I get up |
| | lever | to lift, to raise |
| se | lever | to get up, to stand up |
| | lève-toi**!** | get up! |
| un | levier | lever, switch |
| une | lèvre | lip |
| un | lézard | lizard |
| une | liaison | link |
| | libérer | to free |
| une | librairie | bookshop |
| | libre | free |
| le | libre-service | self-service |
| | lié | connected |
| un | lien | link |
| | lier | to connect |
| un | lieu | place |
| avoir | lieu | to take place |
| un | lieu **de** travail | place of work |
| un | liftier | lift attendant |
| en | ligne | in line, online |
| la | ligne | line, figure |
| la | limonade | lemonade |
| le | linge | laundry |
| un | liquide | liquid |
| | lire | to read |
| | lis**!** | read! |
| | **lisiblement** | legibly |
| | lisse | smooth |
| une | liste | list |
| une | liste **d'**observation | checklist |
| faire **le** | lit | to make the bed |
| un | lit | bed |
| un | litre | litre |
| il | livre | he delivers |
| un | livre | book |
| une | livre **(sterling)** | a pound (sterling) |
| | livrer | to deliver |
| un | livret | booklet |

■ = masculine noun   ■ = feminine noun   ■ = verb   ■ = adjective

| | | |
|---|---|---|
| une | location | hire, rent, rental |
| la | location **de** vélos | bicycle hire |
| un | lofteur | 'Big Brother' contestant |
| un | logement | accommodation |
| | loger | to stay |
| le | logiciel | software |
| | logique | logical |
| une | loi | law |
| | **loin** | far |
| un | loisir | hobby |
| les | loisirs | hobbies |
| | Londres | London |
| | long/longue | long |
| le | long **de** | along |
| une | longueur | length |
| une | lotion après-rasage | aftershave |
| | louer | to hire |
| un | loup | wolf |
| | lourd | heavy |
| j'ai | lu | I read |
| une | luge | sledge |
| | **lui** | him |
| une | lumière | light |
| | lundi | Monday |
| la | lune | moon |
| les | lunettes **(de soleil)** | (sun)glasses |
| une | lutte | fight |
| de | luxe | luxury |
| | luxueux/luxueuse | luxurious |
| un | lycée | high school, upper secondary school, sixth form college |

# Mm

|  |  |  |
|---|---|---|
|  | m' | (short for *me*) |
|  | ma | my |
|  | mâcher | to chew |
| un | maçon | bricklayer |
|  | Madame/Mme | Madam, Mrs |
|  | Mademoiselle/Mlle | Miss, Ms |
| un | magasin | shop |
| un | magasin **de** meubles | furniture shop |
| faire **les** | magasins | to look around the shops |
| un | magazine | magazine |
| la | magie | magic |
|  | magique | magical |
| un | magnétophone | tape recorder |
| un | magnétoscope | video recorder/player |
|  | magnifique | wonderful |
|  | mai | May |
| un | mail | e-mail |
| un | maillot | swimsuit |
| un | maillot **de** bain | swimming costume, trunks |
| un | maillot **de** foot | football strip |
| une | main | hand |
|  | maintenant | now |
| un | maire | mayor |
| une | mairie | town hall |
|  | mais | but |
| le | maïs | sweetcorn |
| une | maison | house |
| à la | maison | at home |
| une | maison **de** disques | record company |
| une | maison **de** retraite | retirement home |
| un | maître | male primary school teacher |
| un | maître nageur | swimming teacher |
| une | maîtresse | female primary school teacher |
| la | Majorque | Majorca |
| une | majuscule | capital letter |
|  | mal | bad |
| avoir | mal | to be ill |
| ça **fait** | mal | that hurts |
| faire | mal | to hurt |
|  | malade | ill |
| une | maladie | illness |
|  | mal **à la** gorge | sore throat |
|  | mal **à la** tête | headache |

■ = masculine noun ■ = feminine noun ■ = verb ■ = adjective

| | | |
|---|---|---|
| | mal **aux** dents | toothache |
| | mal **aux** oreilles | earache |
| | mal **aux** pieds | sore feet |
| un | malheur | bad luck |
| | **malheureusement** | unfortunately |
| | maman | mum |
| | mamie | granny |
| un | mammifère | mammal |
| un | manager temporaire | temporary manager |
| la | Manche | the English Channel |
| une | manche | sleeve |
| à | manches courtes | short-sleeved |
| à | manches longues | long-sleeved |
| | manger | to eat |
| une | mangue | mango |
| une | manière | manner |
| le | manioc | cassava |
| un | mannequin | model |
| | manquer | to miss |
| un | manteau | coat |
| les | manteaux | coats |
| un | manuscrit | manuscript |
| se | maquiller | to make oneself up |
| un | marchand | male shopkeeper, trader |
| un | marchand **de** foie | liver-seller |
| une | marchande | female shopkeeper, trader |
| un | marché | market |
| une | marche | step |
| un | marché **aux** puces | flea market |
| | marcher | to walk |
| | mardi (gras) | (Shrove) Tuesday |
| un | mari | husband |
| un | mariage (**de** convenance) | (arranged) marriage |
| | marié | married |
| la | marine | navy |
| une | marmite | cooking pot |
| le | Maroc | Morocco |
| un | Marocain | Moroccan man |
| une | Marocaine | Moroccan woman |
| | marqué | marked |
| une | marque | brand-name |
| | marquer | to highlight, to score |
| | marquer **un** but | to score a goal |
| une | marraine | godmother |
| | marrant | fun |
| | marron | brown |

A B C D E F G H I J K L **M** N O P Q R S T U V W X Y Z

■ = masculine noun   ■ = feminine noun   ■ = verb   ■ = adjective

| | | |
|---|---|---|
| un | marronnier | chestnut tree |
| | mars | March |
| un | marteau | hammer |
| un | martien | Martian |
| les | Martiniquais | natives of Martinique |
| un | mas | traditional Provençal farmhouse |
| | masculin | masculine |
| un | masque | mask |
| un | matelas | mattress |
| la | maternelle | nursery school |
| un | matheux | mathematical genius |
| les | maths/mathématiques | maths |
| une | matière | subject (school), material |
| une | matière grasse | fat |
| ce | matin | this morning |
| le | matin | in the morning |
| un | matin | morning |
| la grasse | matinée | lie-in |
| une | matinée | morning |
| la | Mauritanie | Mauritania |
| | mauvais | bad |
| les | mauvaises nouvelles | bad news |
| | mauve | purple |
| | maximal | maximum |
| | me/m' | me, myself |
| un | mécanicien | male mechanic |
| une | mécanicienne | female mechanic |
| un | médecin | doctor |
| les | médias | the media |
| une | médiathèque | multimedia library |
| un | médicament | medicine |
| un | mégot | cigarette end |
| | meilleur | better, best |
| le | meilleur chemin | best route |
| | mélangé | mixed |
| un | mélange | mixture |
| | mélanger | to mix up |
| | mélodramatique | melodramatic |
| un | membre | member |
| | même | even, same |
| une | mémoire | memory |
| | menacé | threatened |
| une | menace | threat |
| le | ménage | housework |
| | ménager/ménagère | household |
| travaux | ménagers | housework |

■ = masculine noun  ■ = feminine noun  ■ = verb  ■ = adjective

|      |                              |                                         |
|------|------------------------------|-----------------------------------------|
|      | mener                        | to lead                                 |
| une  | mer                          | sea                                     |
|      | merci (de/pour)              | thanks (for)                            |
|      | merci encore pour tout       | thanks again for everything             |
|      | mercredi (des Cendres)       | (Ash) Wednesday                         |
| la   | mer des Caraïbes             | Caribbean Sea                           |
| une  | mère                         | mother                                  |
| une  | meringue                     | meringue                                |
|      | merveilleux/merveilleuse     | wonderful                               |
|      | mes                          | my                                      |
| un   | message                      | message                                 |
| une  | messe                        | mass                                    |
|      | mesurer                      | to measure                              |
| la   | météo                        | weather forecast                        |
| un   | métier                       | job                                     |
| un   | mètre                        | metre                                   |
| un   | métro                        | underground                             |
|      | mettre                       | to put, to take                         |
|      | mettre en colère             | to make angry                           |
|      | mettre le couvert            | to lay the table                        |
|      | meublé                       | furnished                               |
| un   | meuble                       | piece of furniture                      |
| les  | meubles                      | furniture                               |
| un   | meurtre                      | murder                                  |
| le   | Mexique                      | Mexico                                  |
|      | miam miam!                   | yum yum!                                |
| un   | micro                        | microphone                              |
|      | midi                         | midday                                  |
| le   | Midi                         | the South of France                     |
| le   | miel                         | honey                                   |
|      | mieux                        | better                                  |
|      | mieux payé                   | better paid                             |
|      | mignon/mignonne              | cute                                    |
| au   | milieu (de)                  | in the middle (of)                      |
| un   | milieu                       | middle                                  |
|      | mille                        | thousand                                |
| un   | milliard                     | thousand million, billion               |
| un   | milliardaire                 | male multimillionaire                   |
| une  | milliardaire                 | female multimillionaire                 |
| des  | milliers                     | thousands                               |
|      | mi-long/mi-longue            | medium-long                             |
|      | mince                        | slim                                    |
| une  | minichaîne portable          | portable CD player                      |
| un   | ministre                     | minister                                |
| le   | Minitel                      | information system via telephone        |
|      | minuit                       | midnight                                |

■ = masculine noun   ■ = feminine noun   ■ = verb   ■ = adjective       59

| | | |
|---|---|---|
| une | minuscule | lower-case letter |
| une | minute | minute |
| j'ai | mis | I have put, I put |
| tu es | mis à la porte | you're sacked |
| le | mistral | wind in southern France |
| | mi-trimestre | half-term |
| un | mixage | mixing |
| une | mobylette | moped |
| | moche | awful |
| à la | mode | fashionable |
| une | mode | fashion |
| un | mode d'emploi | instructions for use |
| un | mode de vie | way of life |
| un | modèle | a model |
| | modéré | moderate |
| | moderne | modern |
| | moi | me |
| | moi non plus | me neither |
| | moins (de) | less (than) |
| au | moins | at least |
| | moins cinq | five to |
| | moins le quart | a quarter to |
| à | moins que | unless |
| | moins vingt | twenty to |
| un | mois | month |
| | moi si | I do |
| une | moitié | half |
| en ce | moment | at the moment |
| une | momie | mummy |
| | mon | my |
| la Coupe du | Monde | the World Cup |
| un | monde | world |
| | mondial | global, world |
| un | moniteur | male (group) leader |
| une | monitrice | female (group) leader |
| une | monnaie | currency |
| la | monnaie unique | single currency |
| | Monsieur, M. | Sir, Mr |
| un | monstre | monster |
| à la | montagne | in the mountains |
| une | montagne | mountain |
| | monter | to go up, to come up |
| | monter à cheval | to go horse-riding |
| une | montre | watch |
| | Montréal | Montreal |
| | montrer | to show |

■ = masculine noun  ■ = feminine noun  ■ = verb  ■ = adjective

| | | |
|---|---|---|
| un | monument | monument, historic building, sight |
| se | moquer **de** | to make fun of |
| une | moquette | carpet |
| un | morceau | piece |
| | mordre | to bite |
| | mort/morte | dead |
| une | morue | cod |
| une | mosquée | mosque |
| un | mot | word |
| un | mot-clé | keyword |
| un | moteur | motor |
| un | moteur **de** recherche | search engine |
| | motivé | motivated |
| les | mots croisés | crossword |
| | mou/molle | 'wet', feeble |
| une | mouche | fly |
| se | moucher | to blow one's nose |
| | mouillé | wet |
| les | moules | mussels |
| un | moulin | (wind)mill |
| | mourir | to die |
| la | moutarde | mustard |
| un | mouton | sheep |
| un | mouvement | movement |
| un | moyen | means, method |
| | moyen/moyenne | average |
| le | Moyen-Âge | the Middle Ages |
| un | moyen **de** transport | means of transport |
| en | moyenne | on average |
| un | mulâtre | person of mixed race |
| | multicolore | multi-coloured |
| | multiplier | to multiply |
| un | mur | wall |
| une | muraille | large wall |
| un | mur d'escalade | climbing wall |
| | murmurer | to murmur |
| la | musculation | bodybuilding |
| un | musée | museum |
| un | musicien | male musician |
| une | musicienne | female musician |
| la | musique | music |
| la | musique pop | pop music |
| | musulman | Muslim |
| un | mystère | mystery |
| | mystérieux/mystérieuse | mysterious |

A
B
C
D
E
F
G
H
I
J
K
L
**M**
N
O
P
Q
R
S
T
U
V
W
X
Y
Z

# Nn

| | | |
|---|---|---|
| | n' | (short for *ne*) |
| | nager | to swim |
| un | nageur | swimmer |
| je | n'ai pas | I have not (got), I haven't (got) |
| une | naissance | birth |
| | naître | to be born |
| une | narine | nostril |
| la | natation | swimming |
| une | nationalité | nationality |
| un | naturaliste | male naturalist |
| une | naturaliste | female naturalist |
| | nature | plain |
| | naturel/naturelle | natural |
| un | naturiste | male naturist |
| une | naturiste | female naturist |
| | nautique | nautical |
| le ski | nautique | waterskiing |
| une | navette spatiale | space shuttle |
| | né(e) | born |
| je suis | né(e) | I was born |
| | nécessaire | necessary |
| | négatif/négative | negative |
| | négliger | to neglect |
| il | neige | it's snowing |
| la | neige | snow |
| | neiger | to snow |
| | neigeux | snowy |
| | ne ... jamais | never |
| | ne pas | don't |
| | ne ... pas (de) | not (a), not (any) |
| | ne ... plus | no more, no longer |
| | ne ... rien | nothing |
| | n'est-ce pas? | right? isn't it? don't they? etc |
| | nettoyer | to clean |
| | neuf | nine |
| | neuf/neuve | (brand) new |
| | neuvième | ninth |
| un | nez | nose |
| | ni ... ni | neither ... nor ... |
| | nocturne | nocturnal |
| le | Noël | Christmas |
| | noir | black |

■= masculine noun  ■= feminine noun  ■= verb  ■= adjective

| | | |
|---|---|---|
| une | noisette | hazelnut |
| une | noix | walnut |
| un | nom | name |
| un | nombre | number |
| le | nombril | navel |
| | nommer | to name |
| | **non** | no |
| | **non** gazeuse | still (water) |
| | **non plus** | neither |
| | **non** remboursé | non-refundable |
| un | non-voyant | blind person |
| le | nord | north |
| | **normalement** | normally |
| la | Normandie | Normandy |
| | **nos** | our |
| une | note | note |
| | noter | to note |
| | **notre** | our |
| une | nouille | noodle |
| un | nounours | teddy bear |
| | **nourrissant** | nourishing |
| la | nourriture | food |
| | **nous** | we, us, ourselves |
| | **nouveau/nouvelle** | new |
| une | nouveauté | novelty |
| le | Nouvel An | New Year |
| une bonne | nouvelle | good news |
| la | Nouvelle-Calédonie | New Caledonia |
| les | nouvelles | news |
| la | Nouvelle-Zélande | New Zealand |
| | novembre | November |
| un | noyau | stone (in fruit) |
| un | nuage | cloud |
| | **nuageux** | cloudy |
| une | nuit | night |
| | **nul** | zero, rubbish, useless |
| | **nul/nulle** | no good |
| c'est | nul | it's rubbish |
| | **numérique** | digital |
| un | numéro | number |
| | numéroter | to number |

A B C D E F G H I J K L M **N** O P Q R S T U V W X Y Z

# Oo

| | | |
|---|---|---|
| un | objet | object |
| | obligatoire | obligatory, compulsory |
| | observer | to watch |
| d' | occasion | second-hand |
| une | occasion | opportunity, occasion |
| | occuper | to occupy, to take up |
| s' | occuper (de) | to be busy, to deal (with) |
| un | océan | ocean |
| l' | océan Atlantique | Atlantic Ocean |
| | octobre | October |
| une | odeur | smell |
| un | œil | eye (singular) |
| un | œuf | egg |
| un | œuf dur | hard-boiled egg |
| un | office du tourisme | tourist office |
| | officiel/ officielle | official |
| une | offre (spéciale) | (special) offer |
| s' | offrir | to buy oneself |
| un | oignon | onion |
| un | oiseau | bird |
| | on | we, one, people |
| un | oncle | uncle |
| ils/elles | ont | they have |
| | onze | eleven |
| une | opinion | opinion |
| | opter | to choose |
| ils/elles | opteront | they will opt |
| l' | or | gold |
| un | orage | storm |
| | orageux | stormy |
| | orange | orange |
| un | orchestre | orchestra |
| | ordinaire | ordinary |
| un | ordinateur (portable) | (laptop) computer |
| une | ordonnance | prescription |
| en | ordre | in order |
| un | ordre | order |
| les | ordures | rubbish |
| une | oreille | ear |
| | organiser | to organise |
| un | orgue | organ (instrument) |
| | original | original, odd |

🔲 = masculine noun 🔲 = feminine noun 🔲 = verb 🔲 = adjective

| | | |
|---|---|---|
| une | origine | origin |
| | originellement | originally |
| un | os | bone |
| | ou | or |
| | où | where |
| | ou ... ou | either ... or ... |
| c'est | où? | where is it? |
| | oublier (de) | to forget (to) |
| l' | ouest | west |
| | ouf! | phew! |
| | où habites-tu? | where do you live? |
| | oui | yes |
| | oui, je veux bien | yes, please |
| l' | ourdou | Urdu |
| un | ours | bear |
| un | oursin | sea urchin |
| l' | outre-mer | overseas territories |
| | ouvert | open |
| | ouverte toute la journée | open all day |
| une | ouverture | opening |
| | ouvrir | to open |

A
B
C
D
E
F
G
H
I
J
K
L
M
N
**O**
P
Q
R
S
T
U
V
W
X
Y
Z

■ = masculine noun  ■ = feminine noun  ■ = verb  ■ = adjective

# Pp

| | | |
|---|---|---|
| un | paiement | payment |
| un | pain | bread |
| un | pain au chocolat | chocolate croissant |
| un | pain grillé | toast |
| une | paire | pair |
| une | paire de ciseaux | pair of scissors |
| la | paix | peace |
| un | palais | palace |
| un | pamplemousse | grapefruit |
| un | panier | basket |
| un | panier-repas | packed lunch |
| une | panne | breakdown |
| un | panneau | sign |
| un | panneau solaire | solar panel |
| un | panorama | view |
| un | pantalon | pair of trousers |
| | papa | dad |
| une | papaye | papaya |
| une | papeterie | stationer's |
| | papi/papy | grandpa, grandad |
| un | papier | piece of paper |
| un | papillon | butterfly |
| | papoter | to chat, to natter |
| un | paquebot | liner, steamship |
| la | Pâque juive | Passover |
| | Pâques | Easter |
| un | paquet | packet |
| | par | by, for |
| un | parachute | parachute |
| le | parachutisme | parachuting |
| un | paradis | paradise, heaven |
| un | paragraphe | paragraph |
| le | parapente | paragliding |
| un | parapluie | umbrella |
| | par avance | in advance |
| un | parc | park |
| un | parc à thèmes | theme park |
| un | parc d'attractions | theme park |
| | parce qu'/que | because |
| | par cœur | by heart |
| un | parc zoologique | zoo |
| | pardon | pardon, sorry |

▪ = masculine noun  ▪ = feminine noun  ▪ = verb  ▪ = adjective

| | | |
|---|---|---|
| les | parents | parents |
| | paresseux/paresseuse | lazy |
| | par exemple | for example |
| | parfait | perfect |
| | parfois | sometimes |
| un | parfum | flavour, taste, smell |
| | parisien/parisienne | Parisian |
| un | parking | car park |
| un | parlement | parliament |
| | parler | to speak, to talk |
| | parmi | amongst |
| une | parole | word |
| un | parrain | godfather |
| je | pars | I'm leaving |
| à | part | except |
| une | part | portion |
| | partager | to share |
| un | partenaire | male partner |
| une | partenaire | female partner |
| | participer | to participate |
| | participer à | to take part in |
| | particulier/particulière | particular |
| une | partie | part |
| les | parties du corps | parts of the body |
| | partir (de) | to leave (from), to depart (from) |
| | partout | everywhere |
| | pas | not |
| | pas de | not any |
| | pas de problèmes | no problem |
| | pas grand-chose | not much |
| | pas mal | not bad |
| | pas moi | I don't |
| | passager/passagère | passenger |
| un | passant | male passer-by |
| une | passante | female passer-by |
| un mot de | passe | password |
| un | passé | pass |
| le | passé composé | perfect tense |
| | passe moi … s'il te plaît | please pass me |
| un | passeport | passport |
| | passer | to pass, to be shown, to spend |
| bien se | passer | to go well |
| se | passer | to happen |
| | passer l'aspirateur | to vacuum |
| | passer le temps | to spend time |

■ = masculine noun ■ = feminine noun ■ = verb ■ = adjective     67

| | | |
|---|---|---|
| un | passe-temps | hobby |
| | passionnant | exciting |
| | passionné | keen, passionate |
| | passionné par | enthusiastic about |
| | pas souvent | not often |
| la | pâte d'amandes | almond paste |
| les | pâtes | pasta |
| un | patient | male patient |
| une | patiente | female patient |
| le | patinage | skating |
| une | patinoire | ice skating rink |
| les | patins à glace | ice skates |
| les | patins à roulettes | roller skates |
| les | patins en ligne | roller blades |
| une | pâtisserie | cake shop |
| les | pâtisseries | cakes |
| un | patron | male boss, owner |
| une | patronne | female boss, owner |
| une | patte | paw, leg (insect or animal) |
| une | patte de lapin | rabbit's foot |
| une | pause-déjeuner | lunch break |
| | pauvre | poor |
| un | pavillon | bungalow |
| | payer | to pay |
| un | pays (natal) | country (of birth) |
| un | paysage | countryside |
| les | Pays-Bas | the Netherlands |
| le | Pays de Galles | Wales |
| les | pays francophones | French-speaking countries |
| la | peau | skin |
| la | pêche | fishing |
| | pêcher | to fish |
| un | pêcheur | fisherman |
| se | peigner | to comb one's hair |
| une | peine | bother, effort |
| un | peintre | painter |
| une | peinture | painting |
| | peler | to peel |
| une | peluche | cuddly toy |
| | pencher | to lean |
| | pendant | during, for |
| | pénible | a nuisance, pain |
| | penser | to think |
| la | Pentecôte | Whitsun |
| | perdre (quelques) kilos | to lose (a few) kilos |

■ = masculine noun   ■ = feminine noun   ■ = verb   ■ = adjective

|  |  |  |
|---|---|---|
|  | perdu | lost |
| un | père | father |
|  | performant | powerful |
| une | période | period of time |
| une | période glaciaire | ice age |
|  | périr | to decay |
| une | permanence | private study period |
|  | permettre | to allow |
| un | permis | licence |
| un | permis de conduire | driving licence |
|  | perplexe | baffled, puzzled |
| un | perroquet | parrot |
| une | perruche | budgerigar |
| un | personnage | character |
| une | personnalité | personality |
|  | personne | nobody |
| une | personne | person |
| une | personne célèbre | famous person |
| le | personnel | staff |
|  | personnellement | personally |
|  | peser | to weigh |
| la | pétanque | bowls |
|  | petit | small, short, little |
| un | petit ami | boyfriend |
| le | Petit Chaperon rouge | Little Red Riding Hood |
| un | petit déjeuner | breakfast |
| une | petite amie | girlfriend |
| en | petits morceaux | into small bits |
| les | petits pois | peas |
| un | petit truc | tip |
| le | pétrole | oil |
|  | peu | little |
| un | peu | a little, a bit |
| un | peuple | people |
| un | peu plus tard | a bit later |
| avoir | peur | to be afraid |
| j'ai | peur | I'm scared |
| il/elle/on | peut | he/she/one/we can |
|  | peut-être | perhaps |
| ils/elles | peuvent | they can |
| je/tu | peux | I/you can |
| je | peux … ? | can I … ? |
| une | pharmacie | chemist's shop |
| un | pharmacien | male chemist |
| une | pharmacienne | female chemist |

■ = masculine noun  ■ = feminine noun  ■ = verb  ■ = adjective

| | | |
|---|---|---|
| un | phasme | stick insect |
| un | phénomène | phenomenon |
| une | photo | photo |
| | photocopier | to photocopy |
| une | photographie | photography |
| | photographier | to photograph |
| une | phrase | sentence |
| la | physique | physics |
| | physiquement | physically |
| jouer du | piano | to play the piano |
| un | piano | piano |
| une | pièce | room, coin |
| une | pièce de théâtre | a play |
| à | pied | on foot |
| le | piercing | body-piercing |
| un | piéton | male pedestrian |
| une | piétonne | female pedestrian |
| une rue | piétonne | pedestrian street |
| | pile ou face | heads or tails |
| un | pilote | pilot |
| une | pilule contraceptive | contraceptive pill |
| un | piment | pepper |
| le | ping-pong | table tennis |
| jouer au | pipeau | to play the pipes |
| faire | pipi | to have a wee |
| un | pique-nique | picnic |
| | pique-niquer | to have a picnic |
| | piquer | to sting |
| une | piqûre | injection, sting |
| | pire | worse |
| le | pire | the worst |
| une | piscine | swimming pool |
| une | piscine chauffée | heated swimming pool |
| une | piste | track, slope |
| une | piste cyclable | cycle path |
| | pittoresque | picturesque |
| une | pizza | pizza |
| un | placard | cupboard |
| une | place | town square |
| à la | place de | instead of |
| | placer | to place |
| une | plage | beach |
| une | plaine | plain |
| | plaisanter | to joke |
| un | plaisir | pleasure |

■ = masculine noun  ■ = feminine noun  ■ = verb  ■ = adjective

| | | |
|---|---|---|
| **ça te** | **plaît?** | do you like it? |
| **s'il te/vous** | **plaît** | please |
| **s'il vous** | **plaît** | please |
| **un** | **plan** | plan |
| **faire de la** | **planche à voile** | to go windsurfing |
| **la** | **planche à voile** | windsurfing |
| **une** | **planche de surf** | surfboard |
| **un** | **plancher** | floor |
| **un** | **plan de la ville** | town plan |
| **une** | **planète** | planet |
| **un** | **planning** | rota |
| **une** | **plante** | plant |
| | **planter** | to plant |
| **une** | **plaque** | baking tray |
| **en** | **plastique** | plastic |
| **le** | **plastique** | plastic |
| | **plat** | flat |
| **un** | **plat** | dish, meal, course |
| **le** | **plat du jour** | dish of the day |
| **un** | **plateau** | tray, plateau |
| **une** | **platine** | turntable |
| **le** | **plat principal** | main course |
| | **plein** | full |
| | **plein air** | outdoors, in the open air |
| | **plein de** | full of |
| | **plein de vie** | full of life |
| **j'en ai** | **plein le dos!** | I'm fed up! |
| | **pleurer** | to cry |
| **il** | **pleut** | it's raining |
| | **pleuvoir** | to rain |
| | **plier** | to fold, to bend |
| **la** | **plongée** | diving |
| **la** | **plongée sous-marine** | deep-sea diving |
| | **plonger** | to dive |
| **la** | **pluie** | rain |
| **sous la** | **pluie** | in the rain |
| **la** | **plupart des** | the majority of |
| **au** | **pluriel** | in the plural |
| **le** | **pluriel** | plural |
| | **plus (de)** | more (than) |
| **en** | **plus** | what's more/extra |
| **ne ...** | **plus** | no more, no longer |
| **il n'y a** | **plus de ...** | there isn't any more ... |
| | **plus grand(e)** | biggest |
| | **plus grand(e) que** | bigger |

| | | |
|---|---|---|
| | plusieurs | several |
| | plus petit(e) que | smaller |
| le/la | plus proche | the nearest |
| | plus … que | more … than |
| | plus tard | later |
| | plus tôt | earlier |
| | plutôt | rather |
| | pluvieux/pluvieuse | rainy |
| un | pneu | tyre |
| une | poche | pocket |
| une | poêle | frying pan |
| un | poème | poem |
| un | poète | poet |
| un | poil | hair |
| un | point de rassemblement | meeting place |
| une | poire | pear |
| à | pois | spotted |
| un | poisson | fish |
| | poisson d'avril! | April fool! |
| un | poissonnier | fishmonger |
| un | poisson rouge | goldfish |
| le | poivre | pepper |
| un | pôle | pole (North/South) |
| | poli | polite |
| un | policier | detective |
| un film | policier | detective film |
| | poliment | politely |
| | pollué | polluted |
| | polluer | to pollute |
| une | pollution | pollution |
| un | polo | polo shirt |
| une | pomme | apple |
| une | pomme de terre | potato |
| un | pompier | firefighter |
| les | pompiers | the fire brigade |
| un | poney | pony |
| un | pont | bridge |
| | pop | pop |
| | populaire | popular |
| | populariser | to make popular |
| une | population | population |
| le | porc | pork |
| le | port | port |
| un | portable | mobile phone |
| une | porte | door |

■ = masculine noun  ■ = feminine noun  ■ = verb  ■ = adjective

| | | |
|---|---|---|
| un | porte-bonheur | lucky charm |
| la | portée | reach |
| un | portefeuille | wallet |
| un | porte-monnaie | purse |
| | porter | to wear, to carry |
| | portugais | Portuguese |
| | poser | to put (down), to ask |
| | poser des questions | to ask questions |
| | positif/positive | positive |
| | posséder | to possess |
| | possessif/possessive | possessive |
| une | possibilité | possibility |
| | possible | possible |
| | postal | post |
| une | poste | post office |
| un | poste de secours | first-aid station |
| | poster | to post |
| un | poster | poster |
| un | pot | jar |
| un | potager | vegetable garden |
| une | poterie | pottery |
| une | poubelle | bin |
| une | poudre | powder |
| une | poule | hen |
| un | poulet | chicken |
| un | poulet rôti | roast chicken |
| une | poupée | doll |
| | pour | for, to |
| | pour aller à | to get to |
| | pour lui/elle | for him/her |
| | pourquoi | why |
| il/elle/on | pourrait | he/she/we/one could |
| | pourtant | nevertheless |
| | pousser | to push, to grow |
| la | poussière | dust |
| vous | pouvez | you can |
| | pouvoir | to be able |
| des | pouvoirs | powers |
| nous | pouvons | we can |
| | pratique | practical |
| | pratiquer | to practise |
| | préchauffer | to preheat |
| une | prédiction | prediction |
| | prédire | to predict |
| | préféré | favourite |

= masculine noun   = feminine noun   = verb   = adjective

| | | |
|---|---|---|
| je | préfère | I prefer |
| | préférer | to prefer |
| | premier/première | first |
| | premier de l'an | New Year's Day |
| le | Premier ministre | prime minister |
| | prendre | to take |
| | prendre en compte | to take account of |
| | prenez le métro | take the metro |
| ils/elles | prennent | they take |
| ils me | prennent la tête avec | they go on at me about |
| un | prénom | first name |
| les | préparatifs | preparations |
| | préparer | to prepare |
| | près (de) | close (to), near |
| au | présent | in the present tense |
| le | présent | present tense |
| un | présentateur | male presenter |
| une | présentatrice | female presenter |
| une | présentation | presentation |
| je vous | présente ... | this is ... |
| | présenter | to introduce, to present |
| se | présenter | to introduce yourself |
| un | préservatif | condom |
| une | préservation | preservation |
| | préserver | to preserve |
| un | président | president |
| | presque | almost |
| | pressé | in a hurry |
| | prêt | ready |
| | prêter | to lend |
| une | prévision | forecast |
| | prévoir | to forecast |
| je vous en | prie | you are welcome |
| une | prière | prayer |
| | primaire | primary |
| | principal | main |
| en | principe | in theory |
| le | printemps | spring |
| | priorité (à) | priority (to) |
| j'ai | pris | I took |
| un | prisonnier | prisoner |
| | privé | private |
| un | prix | price, prize |
| | probablement | probably |
| | problématique | problematic |

■ = masculine noun ■ = feminine noun ■ = verb ■ = adjective

| | | |
|---|---|---|
| un | problème | problem |
| le | procédé | procedure |
| | prochain | next |
| | proche | close, near |
| | produire | to produce |
| un | produit | product |
| un | produit laitier | dairy product |
| un | prof | male teacher |
| une | prof | female teacher |
| un | prof de rêve | dream teacher |
| un | professeur | teacher |
| | professionnel/ professionnelle | professional |
| | profiter de | to make the most of, to take advantage of |
| | profond | deep |
| une | profondeur | depth |
| un | prof particulier | personal trainer |
| | programmé | programmed |
| un | programme | programme |
| un | programmeur | male computer programmer |
| une | programmeuse | female computer programmer |
| | progresser | to make progress |
| un | projecteur | projector |
| un | projet | plan, project |
| une | promenade | walk |
| une | promenade en bateau | boat trip |
| | promener | to take a walk |
| se | promener | to go for a walk |
| | promener le chien | to walk the dog |
| un | pronom | pronoun |
| | prononcer | to pronounce |
| une | prononciation | pronunciation |
| à | propos de | about |
| | proposer | to suggest |
| une | proposition | proposition, suggestion |
| | propre | clean |
| écrire un texte au | propre | to write a final copy of a text |
| la | propreté | cleanliness |
| un | propriétaire | male owner |
| une | propriétaire | female owner |
| | protéger | to protect |
| une | protéine | protein |
| | prouver | to prove |
| | provençal | from Provence |

= masculine noun  = feminine noun  = verb  = adjective

75

| | | |
|---|---|---|
| **les** | **Provençaux** | people of Provence |
| **les** | provisions | groceries |
| **un** | **pruneau** | prune |
| **j'ai** | **pu** | I could |
| **une** | pub(licité) | advert, advertising, advertisement |
| **la** | puberté | puberty |
| | publicitaire | advertising |
| | **puer** | to stink |
| | **puis** | then |
| **un** | **puits** | well |
| **un** | **pull(-over)** | jumper |
| | **pur** | pure |
| **une** | pyramide | pyramid |
| **les** | Pyrénées | the Pyrenees |

■ = masculine noun  ■ = feminine noun  ■ = verb  ■ = adjective

# Qq

|  | | |
|---|---|---|
| | **qu'** | (short for *que*) |
| **un** | quai | platform |
| | **qualifié** | qualified |
| **une** | qualité | characteristic |
| | **quand** | when |
| | **quarante** | forty |
| **deux heures et** | quart | quarter past two |
| **et** | quart | quarter past |
| **moins le** | quart | quarter to |
| **trois heures moins le** | quart | quarter to three |
| **un** | quart | quarter |
| **un** | quartier | district |
| | quatorze | fourteen |
| | quatre | four |
| | quatre-vingt-dix | ninety |
| | quatre-vingts | eighty |
| | quatrième | fourth |
| | **que** | which, that |
| | **que … ?** | what … ? |
| | québécois | from Quebec |
| | **quel, quelle** | which, what |
| | **quel âge as-tu?** | how old are you? |
| **on est** | **quel jour?** | what day is it? |
| **à** | **quelle heure?** | at what time? |
| | **quelle heure est-il?** | what time is it? |
| | **quelque chose** | something |
| | **quelquefois** | sometimes |
| | **quelques** | some, a few |
| | **quelqu'un** | somebody |
| | **quel temps fait-il?** | what is the weather like? |
| **se** | quereller | to argue |
| | **qu'est-ce que?** | what? |
| | **qu'est-ce que c'est?** | what is it? |
| | **qu'est-ce que tu as?** | what's the matter? |
| | **qu'est-ce que tu n'aimes pas?** | what don't you like? |
| | **qu'est-ce qu'il y a?** | what is there? |
| **une** | question | question |
| **une** | queue | tail |
| | **qui** | who, which |
| | **qui est-ce?** | who is it? |
| **une** | quinzaine | fortnight |

= masculine noun   = feminine noun   = verb   = adjective

| | | |
|---|---|---|
| | quinze | fifteen |
| | quinze heures | three o'clock |
| ne | quitte(z) pas! | hold on, don't go away |
| | quitter | to leave |
| | quoi | what |
| | quotidien/quotidienne | daily |

= masculine noun  = feminine noun  = verb  = adjective

# Rr

| | | |
|---|---|---|
| faire **du** | racket | to take money off people by force |
| | racketter | to take money off people by force |
| un | racketteur | a bully who takes people's money |
| | raconter | to tell |
| un | radiateur | radiator |
| une | radio | radio |
| | rafraîchissant | refreshing |
| un | ragoût | stew |
| le | raï | North African music |
| | raide | straight (hair) |
| un | raisin | grape(s) |
| il a | raison | he is right |
| une | raison | reason |
| | raisonnable | reasonable, fair |
| | ralentir | to slow down |
| | ramasser | to collect in, to pick up |
| | ramener | to take back |
| une | rampe | ramp |
| une | rampe **d'**accès | access ramp |
| une | randonnée | hike |
| une | rangée | row, aisle |
| | ranger | to tidy |
| | ranger **sa** chambre | to tidy one's room |
| le | rap | rap music |
| | râpé | grated |
| | rapide | fast |
| un | rappel | reminder |
| | rappeler | to remind |
| un | rapport | relations |
| | rapporter | to bring in |
| une | raquette | racket |
| | rare | rare |
| | **rarement** | rarely |
| | ras **du** cou | round-necked |
| se | raser | to shave |
| un | rassemblement | assembly |
| | rassurer | to reassure |
| un | rat | rat |
| | rater | to miss |
| | rater **le** bus | to miss the bus |
| | rayé | striped |
| | rayer | to scratch |

| | | |
|---|---|---|
| un | rayon | ray |
| le | rayonnement | radiation |
| à | rayures | striped |
| une | réaction | reaction |
| | réaliser | to make, to realise |
| | réaliste | realist(ic) |
| une | réalité | reality |
| | réapparaître | to reappear |
| | récemment | recently |
| une | recette | recipe |
| | recevoir | to receive |
| | recharger | to recharge |
| un moteur de | recherche | search engine |
| | recherché | wanted |
| | rechercher | to look for |
| | rechercher et remplacer | to find and replace |
| | réciter | to recite |
| je/tu | reçois | I/you receive, get |
| il/elle/on | reçoit | he/she/we/one receive(s), get(s) |
| | recommander | to recommend |
| | recommencer | to restart |
| | reconnaître | to recognise |
| | recopier | to copy out |
| une | récré/récréation | school break, breaktime |
| | reculer | to go back |
| le | recyclage | recycling |
| | recycler | to recycle |
| une | réduction | reduction |
| | réduit | reduced |
| | réécouter | to listen again |
| | réel/réelle | real |
| | refaire | to do again |
| | refais! | do … again! |
| un | refrain | chorus |
| | refuser (de) | to refuse (to) |
| se | régaler | to have a good time |
| | regarder | to look, to watch |
| | regarder la télé | to watch TV |
| un | régime | diet |
| une | région | region |
| une | règle | ruler, rule |
| les | règle(s) | period(s) |
| une | règle d'or | golden rule |
| un | règlement | rule, regulation |
| | regretter | to regret, to be sorry for |

= masculine noun  = feminine noun  = verb  = adjective

| | | |
|---|---|---|
| | **régulier/régulière** | regular |
| | **régulièrement** | regularly |
| une | reine | queen |
| se | **relaxer** | to relax |
| | **relier** | to join up |
| | **religieux/religieuse** | religious |
| une | religion | religion |
| | **relire** | to read again |
| | **relis/relisez!** | read again! |
| | **remarié** | remarried |
| | **remarquer** | to notice |
| un | **remède** | remedy, cure |
| | **remercier** | to thank |
| | **remettre** | to put back |
| Ils sont | **remontés** | they got back on |
| une | remorque | trailer |
| les | **remparts séculaires** | age-old city walls |
| | **remplacer** | to replace |
| | **remplir** | to fill in |
| | **rencontrer** | to meet, to come across |
| un | rendez-vous | meeting |
| se | **rendre compte** | to realise |
| se | **rendre malade** | to make oneself ill |
| | **rendre visite à** | to visit |
| un | renseignement | piece of information |
| les | renseignements | information |
| la | rentrée | start of the new school year |
| | rentrer | to go back, to return, to go home, to come home |
| | **rentrer dans** | to walk into |
| une | réparation | restoration |
| | **réparer** | to repair |
| | **repartir** | to leave (again) |
| un | repas | meal |
| le | **repas de midi** | midday meal |
| le | **repas du soir** | evening meal |
| le | repassage | ironing |
| | **répéter** | to repeat |
| une | répétition | rehearsal |
| un | répondeur (automatique) | answerphone |
| | **répondre** | to reply, to answer |
| une | réponse | answer |
| en | réponse à | in response to |
| un | reportage | report |
| le | repos | rest |

| | | |
|---|---|---|
| se | reposer | to rest |
| un | représentante | male representative |
| une | représentante | female representative |
| | représenter | to represent |
| la | République d'Irlande | the Irish Republic |
| un | requin | shark |
| une | réserve | reserve |
| | réserver | to book |
| une | résidence | building |
| | résidentiel/résidentielle | residential |
| | résister | to resist |
| | résoudre | to resolve |
| | respecter | to respect |
| | respectueux/respectueuse | respectful |
| | respirer | to breathe |
| une | responsabilité | responsibility |
| un | responsable | male person in charge |
| une | responsable | female person in charge |
| se | ressembler | to be alike, to look the same |
| une | ressource | resource |
| un | restaurant | restaurant |
| | rester | to stay, to remain |
| | restez au chaud! | keep warm! |
| | restez au lit! | stay in bed! |
| un | resto | restaurant |
| un | résultat | result |
| un | résumé | summary |
| | résumer | to summarise |
| en | retard | late |
| | retirer | to pull back |
| un | retour | return |
| | retourner | to return |
| | retravailler | to go back to work |
| | retrouver | to find again, to meet up with |
| se | retrouver (chez un ami) | to meet up (at a friend's house) |
| une | réunion | meeting |
| | réunir | to reunite |
| | réutiliser | to reuse |
| un | rêve | dream |
| un | réveil | alarm clock |
| se | réveiller | to wake up |
| un | réveillon | New Year's Eve/Christmas Eve party |
| | réveillonner | to see Christmas or New Year in |
| | revenir | to come back |
| | rêver | to dream |

■ = masculine noun  ■ = feminine noun  ■ = verb  ■ = adjective

|         | réviser              | to revise                              |
|---------|----------------------|----------------------------------------|
|         | revoir               | to see again                           |
| au      | revoir               | goodbye                                |
| une     | révolution           | revolution                             |
| une     | revue                | magazine                               |
| le      | rez-de-chaussée      | ground floor                           |
| le      | rhum                 | rum                                    |
|         | riche                | rich                                   |
| la      | richesse             | wealth                                 |
| un      | rideau               | curtain                                |
| les     | rideaux              | curtains                               |
|         | ridicule             | ridiculous                             |
|         | rien                 | nothing                                |
| de      | rien                 | don't mention it                       |
| ne …    | rien                 | nothing                                |
|         | rigoler              | to have a laugh                        |
|         | rigolo               | funny                                  |
| une     | rime                 | rhyme                                  |
|         | rimer                | to rhyme                               |
| tu      | ris                  | you laugh                              |
| un      | risque               | risk                                   |
|         | risquer              | to risk                                |
| une     | rive                 | river-bank                             |
| une     | rivière              | river                                  |
| le      | riz                  | rice                                   |
| une     | robe                 | dress                                  |
| un      | robinet              | tap                                    |
| un      | robot                | robot                                  |
|         | rocailleux/rocailleuse | rocky                                |
| une     | roche                | rock                                   |
| un      | rocher               | rock                                   |
| le      | rock                 | rock music                             |
| un      | roi                  | king                                   |
| un      | rôle                 | role-play, role, part                  |
| un      | roller               | roller skate/blade                     |
| faire du | roller              | to go roller-skating/roller-blading    |
|         | romain               | Roman                                  |
| un      | roman-photo          | photo story                            |
|         | romantique           | romantic                               |
|         | rond                 | round                                  |
| un      | rond-point           | roundabout                             |
| un      | ronflement           | snoring                                |
|         | ronfler              | to snore                               |
|         | ronronner            | to purr                                |
|         | rose                 | pink                                   |

■ = masculine noun   ■ = feminine noun   ■ = verb   ■ = adjective

A

B

C

D

E

F

G

H

I

J

K

L

M

N

O

P

Q

**R**

S

T

U

V

W

X

Y

Z

|  |  |  |
|---|---|---|
| | **rôti** | roast |
| | **rouge** | red |
| | **rouge-bordeaux** | burgundy |
| | **rougir** | to blush |
| **un** fauteuil | **roulant** | wheelchair |
| **ça** | **roule** | everything's great |
| | **rouler** | to drive |
| **une** | **roulotte** | horse-drawn caravan |
| **en** | **route** | on the way |
| **une** | **route** | route, road |
| **une** gare | **routière** | bus station |
| | **roux/rousse** | red (hair) |
| **le** | **Royaume-Uni** | UK |
| **une** | **rue** | street |
| **une** | **ruine** | ruin |
| **la** | **Russie** | Russia |
| **un** | **rythme** | rhythm |

■ = masculine noun　■ = feminine noun　■ = verb　■ = adjective

# Ss

|        |                         |                              |
|--------|-------------------------|------------------------------|
|        | s'                      | (short for *se* or *si*)     |
|        | sa                      | his, her                     |
| le     | sable                   | sand                         |
| un     | sac                     | bag                          |
| un     | sac **à dos**           | rucksack                     |
| un     | sac **à main**          | hand bag                     |
| un     | sac **de couchage**     | sleeping bag                 |
| un     | sac **en plastique**    | plastic bag                  |
|        | sacré                   | sacred                       |
|        | sage                    | wise                         |
| il     | s'agit **de**           | it's about                   |
|        | sain                    | healthy                      |
| la     | Saint-Valentin          | Valentine's Day              |
| je/tu  | sais                    | I/you know                   |
| une    | saison                  | season                       |
| il/elle| sait                    | he/she knows                 |
| une    | salade                  | lettuce                      |
| une    | salade **verte**        | green salad                  |
| un     | salaire                 | salary, pay                  |
| une    | salamandre              | salamander                   |
|        | sale                    | dirty                        |
|        | salé                    | salty                        |
| une    | salle                   | room, screen (in a cinema)   |
| une    | salle **à manger**      | dining room                  |
| une    | salle **de bains**      | bathroom                     |
| une    | salle **de classe**     | classroom                    |
| une    | salle **de jeux**       | games room                   |
| une    | salle **de séjour**     | living room                  |
| la     | salle **des profs**     | staffroom                    |
| un     | salon                   | living room                  |
| un     | salon **de coiffure**   | hairdresser's                |
| les    | salopettes              | dungarees                    |
|        | salut!                  | hi!, hello!                  |
| une    | salutation              | greeting                     |
|        | samedi                  | Saturday                     |
| le     | samedi                  | on Saturday                  |
| les    | sandales **en plastique** | plastic shoes              |
| les    | sanitaires              | washrooms                    |
|        | sans                    | without                      |
|        | sans **manches**        | sleeveless                   |
| la     | santé                   | health                       |
| un     | sapin                   | pine tree                    |

■ = masculine noun   ■ = feminine noun   ■ = verb   ■ = adjective

| | | |
|---|---|---|
| | saturé | saturated |
| une | sauce | sauce |
| une | saucisse | sausage |
| un | saucisson | sausage |
| | sauf | except |
| un | saumon | salmon |
| le | saut à l'élastique | bungee-jumping |
| | sauté | fried |
| | sauter | to jump, to miss (a turn) |
| | sauter à l'élastique | to bungee jump |
| | sauvegarder | to save (on computer) |
| se | sauver | to run away |
| | savoir | to know |
| un | savon | soap |
| | scanner | to scan |
| un | scanner | scanner |
| une | scaphandre autonome | aqualung |
| un | scénario | script |
| une | scène | scene, stage |
| les | sciences | science |
| un | scientifique | male scientist |
| une | scientifique | femal scientist |
| | scolaire | school |
| | scolairement | as a learner |
| en | scooter | by scooter |
| un | scooter | motor scooter |
| un | SDF (sans domicile fixe) | homeless person |
| | se/s' | himself, herself, themselves |
| une | séance | showing (film) |
| | sec/sèche | dry |
| un | sèche-cheveux | hairdryer |
| | sécher | to dry |
| une | seconde | second |
| | secouer | to shake |
| un poste de | secours | help, rescue, first aid station |
| | secret/secrète | secret |
| un | secrétaire | male secretary |
| une | secrétaire | female secretary |
| une | sécurité | security, safety |
| | seize | sixteen |
| un | séjour | stay, visit |
| un | séjour à thème | activity holiday |
| le | sel | salt |
| une | sélection | selection |
| un | self-service | self-service restaurant |

= masculine noun    = feminine noun    = verb    = adjective

| | | |
|---|---|---|
| | seller | to saddle up |
| | **selon** | according to |
| une | semaine | week |
| | sembler | to seem |
| le | Sénégal | Senegal |
| | sénégalais | Senegalese |
| je me | sens | I feel |
| un | sens | sense, meaning |
| | sensible | sensitive |
| un | sentier | path |
| | sentir | to feel |
| se | sentir | to feel |
| | séparé | separated |
| | séparer | to separate |
| | sept | seven |
| | septembre | September |
| | septième | seventh |
| | sept jours **sur** sept | seven days a week |
| une | série | series |
| | sérieux/sérieuse | serious |
| prendre **au** | sérieux | to take seriously |
| un | serpent | snake |
| | serré | tight |
| une | serrure | lock |
| | sers-**toi!** | help yourself! |
| | sers-**toi de …!** | use … ! |
| un | serveur | waiter |
| une | serveuse | waitress |
| une | serviette | towel |
| se | servir | to help oneself |
| | ses | his/her/their |
| | seul | alone, only |
| | **seulement** | only |
| | sévère | strict |
| un | shampooing | shampoo |
| le | shopping | shopping |
| un | short | pair of shorts |
| | si | if |
| la | Sicile | Sicily |
| le | SIDA | AIDS |
| au 18ème | siècle | in the 18th century |
| un | siècle | century |
| | signaler | to inform |
| un | signal sonore | sound |
| une | signification | significance |

■ = masculine noun   ■ = feminine noun   ■ = verb   ■ = adjective

87

| | | |
|---|---|---|
| | signifier | to mean |
| | **s'il te/vous** plaît | please |
| | similaire | similar |
| une | similarité | similarity |
| | **simplement** | simply |
| un | singe | monkey |
| le | singulier | singular |
| | **sinon** | if not, otherwise |
| un | sirop | cough mixture, syrup |
| un | site | site (historic or internet) |
| un | site Internet | website |
| un | site web | website |
| | situé | situated |
| se | situer | to be situated |
| | six | six |
| | sixième | sixth |
| la | sixième | Year 7 at school (in Scotland, P7) |
| le | skate | skateboarding |
| le | skate-board | skateboard |
| le | ski | skiing |
| le | ski alpin | downhill skiing |
| le | ski **de** fond | cross-country skiing |
| | skier | to ski |
| un | skieur | male skier |
| une | skieuse | female skier |
| le | ski nautique | waterskiing |
| un | slip **de** bain | swimming trunks |
| la | SNCF | the French National Railway Company |
| le | snowboard | snowboarding |
| une | sœur | sister |
| un | sofa | sofa |
| en | soie | made of silk |
| avoir | soif | to be thirsty |
| se | soigner | to care for oneself |
| un | soir | evening |
| une | soirée | a (whole) evening, evening's entertainment |
| ce | soir-**là** | that evening |
| | sois! | be! |
| | soixante | sixty |
| | soixante-dix | seventy |
| | soixante-quinze | seventy-five |
| le | sol | ground |
| un | soldat | male soldier |
| une | soldate | female soldier |

■ = masculine noun   ■ = feminine noun   ■ = verb   ■ = adjective

| | | |
|---|---|---|
| un | solde | sale |
| les | soldes | sales |
| au | soleil | in the sunshine |
| il fait du | soleil | it's sunny |
| le | soleil | sun |
| | solitaire | lonely |
| en | solitaire | solo |
| une | solution | solution |
| | sombrer | to sink |
| une | somme | sum, amount |
| une | somme d'argent | sum of money |
| nous | sommes | we are |
| un | sommet | summit |
| | son | his, her |
| un | son | sound |
| un | sondage | survey |
| | sonner | to ring |
| une | sonnerie | ringing |
| une | sono | sound system |
| ils/elles | sont | they are |
| | sophistiqué | sophisticated |
| un | sorcier | wizard |
| une | sorcière | witch |
| je/tu | sors | I/you go out |
| une | sorte | sort, kind |
| une | sortie | exit |
| une | sortie de secours | emergency exit |
| faire des | sorties | to go out |
| | sortir | to go out, log off (computer) |
| | sortir en ville | to go into town |
| | sortir le chien | to take the dog out |
| | soudain | suddenly |
| | souffrir | to suffer |
| un | soulagement | relief |
| | souligné | underlined |
| | souligner | to underline |
| | soumettre | to submit |
| une | soupe | soup |
| une | soupe à l'oignon | onion soup |
| | souple | supple |
| la | souplesse | suppleness |
| une | source | spring |
| un | sourcil | eyebrow |
| | sourd | deaf |
| une | souris | mouse |

■ = masculine noun   ■ = feminine noun   ■ = verb   ■ = adjective

| | | |
|---|---|---|
| | **sous** | under |
| | **sous-développé** | underdeveloped |
| | **sous la** pluie | in the rain |
| | **sous-marin** | underwater |
| un | sous-marin | submarine |
| un | sous-sol | basement |
| | soutenir | to support |
| | souterrain | underground |
| un | souvenir | memory, souvenir |
| | **souvent** | often |
| | **spacieux/spacieuse** | roomy |
| une | spatule | spatula |
| | spécial | special |
| | **spécialement** | specially |
| | spécialisé | specialised |
| une | spécialité | speciality |
| | spécifique | specific |
| un | spectacle | show |
| un | spectateur | spectator |
| un | sport | sport |
| | **sportif/sportive** | sporty, athletic |
| un | squelette | skeleton |
| un | stade | stadium |
| un | stage (**en** entreprise) | (work experience) placement, training course |
| une | station | resort, station |
| une | station **de** métro | metro station |
| une | station **de** sport **d'**hiver | winter sports resort |
| le | stationnement | parking |
| une | station-service | petrol station |
| une | station spatiale | space station |
| les | statistiques | statistics |
| un | steak | steak |
| un | steak haché | burger |
| le | stop | hitchhiking |
| le | stress | stress |
| | stressé | stressed |
| une | strophe | verse |
| | studieux/studieuse | studious |
| un | studio **d'**enregistrement | recording studio |
| un | style | style |
| un | styliste **de** mode | male fashion designer |
| une | styliste **de** mode | female fashion designer |
| un | stylo | pen |
| un | succès | success |
| | sucez! | suck! |

■ = masculine noun  ■ = feminine noun  ■ = verb  ■ = adjective

|  | | |
|---|---|---|
|  | sucré | sweet |
| le | sucre (en poudre) | sugar (granulated or caster) |
| le | sucre (roux) | (brown) sugar |
| le | sud | south |
| le | sud-ouest | south-west |
| la | Suède | Sweden |
| ça | suffit | that's enough |
|  | suggérer | to suggest |
| une | suggestion | suggestion |
|  | suis! | follow! |
| je | suis | I am |
|  | suisse | Swiss |
| la | Suisse | Switzerland |
|  | suivant | next, following |
| (à) | suivre | to follow |
| un | sujet | subject |
|  | super | super, great, wicked |
| une | superficie | area |
| un | superlatif | superlative |
| un | supermarché | supermarket |
| une | superstition | superstition |
|  | supporter | to put up with, to tolerate |
|  | supposer | to suppose |
|  | sur | on, on to, about |
|  | sûr | sure, certain |
|  | surbaisser | to lower |
|  | sûrement | surely |
| le | surf | surfing |
|  | surfer | to surf |
|  | surfer sur Internet | to surf the Internet |
|  | surgelé | frozen |
|  | surnommé | nicknamed |
| une | surprise | surprise |
| une | surprise-partie | party |
|  | surtout | especially |
|  | survécu | survived |
| un | surveillant | supervisor |
|  | survivre | to survive |
| un | suspense | suspense, thriller |
| un | sweat | sweatshirt |
| un | symbole | symbol |
|  | sympa(thique) | nice |
| un | syndicat d'initiative | tourist office |
| un | synthé(tiseur) | synthesizer |
| un | système | system |
| le | système solaire | solar system |

■ = masculine noun ■ = feminine noun ■ = verb ■ = adjective

# Tt

| | | |
|---|---|---|
| | **t'** | (short for *te*) |
| | **ta** | your |
| un | **tabac** | tabacconist's |
| une | table | table |
| un | **tableau** | picture, chart |
| un | **tableau blanc** | whiteboard |
| un | **tableau de** jeu | board (for a game) |
| un | **tableau noir** | blackboard |
| une | tablette | tablet |
| une | tablette **de chocolat** | bar of chocolate |
| une | tache | patch, stain |
| une | tâche | job, task |
| une | tâche **ménagère** | household task |
| une | taille | size |
| un | **taille-crayon** | pencil sharpener |
| une | taille **moyenne** | medium-sized |
| se | taire | to be quiet |
| un | **tambour** | drum |
| la | Tamise | the Thames |
| | **tandis que** | while |
| une | tante | aunt |
| | **tant pis** | never mind, too bad |
| | taper | to type, to key, to hit (person) |
| un | **tapis** | carpet |
| | **tard** | late |
| plus | **tard** | later |
| un | **tarif** | price |
| une | tarte **aux fraises** | strawberry tart |
| une | tarte **aux pommes** | apple tart |
| une | tartelette | tartlet |
| une | tartine | bread and butter |
| une | tartine **beurrée** | piece of bread and butter |
| un | tas | heap, pile |
| une | tasse | cup |
| en | taxi | by taxi |
| un | taxi | taxi |
| le | Tchad | Chad |
| | tchatcher | to chat |
| | **te/t'** | you, yourself |
| un | technicien | male technician |
| une | technicienne | female technician |
| la | techno(logie) | technology |

■ = masculine noun   ■ = feminine noun   ■ = verb   ■ = adjective

| | | |
|---|---|---|
| un | tee-shirt | T-shirt |
| une | télé | telly |
| une | télécarte | phonecard |
| la | télécommande | remote control |
| un | téléphone | telephone |
| un | (téléphone) portable | mobile phone |
| | téléphoner (à) | to phone (someone) |
| un | téléspectateur | television viewer |
| un | téléviseur | TV, television set |
| une | télévision | television |
| | tellement | so (much) |
| une | température | temperature |
| une | tempête | storm |
| un | temple | temple |
| le | temps | time, weather |
| de | temps en temps | from time to time |
| quel | temps fait-il? | what's the weather like? |
| le | temps libre | free time |
| | tenir | to fit |
| le | tennis | tennis |
| une | tentation | temptation |
| une | tente | tent |
| | tenté | tempted |
| une | tenue | outfit |
| une | terminaison | ending |
| la | terminale | final year (of secondary school) |
| | terminé | finished |
| | terminer | to finish |
| un | terrain | ground, course, court, pitch (sport) |
| un | terrain de golf | golf course |
| un | terrain de jeux | playground |
| un | terrain de sports | sports ground |
| une | terrasse | terrace |
| la | Terre | the Earth |
| par | terre | on the floor, on the ground |
| | terrible | great, terrific |
| | terroriste | terrorist |
| | tes | your |
| | tester | to test |
| une | tête | head |
| | têtu | stubborn |
| un | texte | text |
| un | texto | text message |
| le | thé | tea |
| un | théâtre | theatre |

| | | |
|---|---|---|
| un | thon | tuna |
| le | Tibre | the Tiber |
| un | ticket | ticket |
| | tiens! | look!, here! |
| un | tiers | third |
| un | tigre | tiger |
| un | timbre | stamp |
| un | timbre de voix | tone of voice |
| | timide | shy |
| la | timidité | shyness |
| un | tirage du loto | lottery draw |
| le | tir à l'arc | archery |
| une | tirelire | money box |
| | tirer | to pull |
| un | tiroir | drawer |
| un | titre | title |
| | toi | you |
| à | toi | your turn |
| et | toi? | what about you? |
| les | toilettes | toilet |
| un | toit | roof |
| | tolérant | tolerant |
| une | tomate | tomato |
| un | tombeau | grave |
| | tomber | to fall |
| | tomber en panne | to break down |
| | ton | your |
| le | tonnerre | thunder |
| une | tortue | tortoise |
| | tôt | early, soon |
| un | total | total |
| | tôt ou tard | sooner or later |
| une | touche | button, key |
| | toucher | to touch |
| | toujours | always, still |
| un | tour | tour, turn |
| une | tour | tower |
| à | tour de rôle | in turns |
| la | tour Eiffel | the Eiffel Tower |
| le | tourisme | tourism |
| un | touriste | male tourist |
| une | touriste | female tourist |
| | touristique | touristy |
| une | tournée | tour |
| | tourner | to turn |

■ = masculine noun  ■ = feminine noun  ■ = verb  ■ = adjective

| | | |
|---|---|---|
| un | tournevis | screwdriver |
| un | tournoi | tournament |
| | tous **les** deux | both |
| | tous **les** jours | every day |
| la | Toussaint | All Saints' Day (1st November) |
| je | tousse | I've got a cough |
| | tousser | to cough |
| | tout/toute/tous/toutes | all, everything |
| en | tout | in total |
| | tout à fait | entirely |
| | tout à la fois | at the same time |
| | tout d'abord | first of all |
| | tout droit | straight on |
| | tout est bien | all is well |
| | tout le monde | everyone |
| | tout le temps | all the time |
| | tout s'est bien passé | everything went well |
| | tracasser | to bother, to worry |
| | tracer | to trace, to draw |
| | traditionnel/traditionnelle | traditional |
| une | traduction | translation |
| | traduire | to translate |
| un | trafiquant | drug pusher |
| en | train | by train |
| en | train de | in the process of |
| | traîner | to lie around |
| un | trait d'union | hyphen |
| un | traitement | treatment |
| | traiter | to treat |
| un | trajet | journey (short) |
| en | tramway | by tram |
| un | tramway | tram |
| une | tranche | slice |
| | tranquille | quiet, calm |
| | transférer | to download |
| | transformer | to change |
| la | transpiration | sweat |
| le | transport | transport |
| le | transport en commun | public transport |
| | transporter | to transport |
| | transposé | mixed up |
| le | travail | work |
| | travailler | to work |
| un | travailleur | hard-working male |
| une | travailleuse | hard-working female |

| | | |
|---|---|---|
| à | **travers** | across |
| une | traversée | crossing |
| | traverser | to cross |
| un | trèfle à quatre feuilles | four-leaf clover |
| | treize | thirteen |
| | treize heures | one o'clock (pm) |
| un | tréma | diaeresis |
| un | tremblement de terre | earthquake |
| | trembler | to shake, to tremble |
| | tremper | to dip, to dunk |
| | trente | thirty |
| | trente et un | thirty-one |
| | très | very |
| | très bien | very good, very well |
| un | trésor | treasure |
| | triangulaire | triangular |
| une | tribune | seating (in a stadium) |
| | tricher | to cheat |
| | tricolore | three-coloured |
| un | tricot | jersey |
| | trier | to sort out |
| un | trimestre | school term |
| | triste | sad |
| | trois | three |
| | troisième | third |
| une | trompette | trumpet |
| | trop (de) | too much (of) |
| j'ai | trop de devoirs | I've too much homework |
| | trop de monde | too many people |
| un | trophée | trophy |
| | tropical | tropical |
| une | trottinette | scooter |
| un | trottoir | pavement |
| un | trou | hole |
| une | trousse | pencil case |
| une | trousse de toilette | sponge bag |
| | trouver | to find |
| se | trouver | to be situated |
| un | truc | thing |
| un | T-shirt | T-shirt |
| un | tsunami | tsunami, tidal wave |
| | tu | you |
| un | tube | tube |
| | tuer | to kill |
| la | Tunisie | Tunisia |

■= masculine noun  ■= feminine noun  ■= verb  ■= adjective

| | | |
|---|---|---|
| | **tunisien/tunisienne** | Tunisian |
| **le** | **tunnel sous la Manche** | the Channel Tunnel |
| **un** | **Turc** | Turkish man |
| **une** | **Turque** | Turkish woman |
| **la** | **Turquie** | Turkey |
| | **tu veux … ?** | do you want … ? |
| | **typique** | typical |

A
B
C
D
E
F
G
H
I
J
K
L
M
N
O
P
Q
R
S
T
U
V
W
X
Y
Z

# Uu

| | | |
|---|---|---|
| un | ulcère | ulcer |
| | un, une | a/an, one |
| | uni | united |
| un | uniforme | uniform |
| l' | Union européenne | European Union |
| une | unité | unit |
| un | univers | universe |
| une | université | university |
| une | usine | factory |
| | utile | useful |
| un | utilisateur | male user |
| une | utilisatrice | female user |
| | utiliser | to use |
| | utilisez! | use! |

= masculine noun ▪= feminine noun ▪= verb ▪= adjective

# Vv

| | | |
|---|---|---|
| ça me | va? | does it suit me? |
| il/elle | va | he/she goes |
| on | va … ? | shall we go … ? |
| on y | va | let's go |
| les | vacances | holidays |
| un | vaccin | vaccine |
| une | vache | cow |
| une | vague | wave |
| je | vais | I go, I'm going |
| j'y | vais | I'm going |
| j'y | vais **avec …** | I'm going with … |
| faire la | vaisselle | to do the washing-up |
| la | vaisselle | washing-up |
| la | valeur | value |
| une | valise | suitcase |
| une | vallée | valley |
| la | vanille | vanilla |
| | varié | varied |
| | varier | to vary |
| tu | vas | you are going |
| ça te | vas **bien** | that suits you |
| ça | vaut | that's worth |
| un | veau | calf |
| une | vedette | star |
| | végétarien/végétarienne | vegetarian |
| un | véhicule | vehicle |
| la | veille | the day before |
| en/à | vélo | by bike |
| faire du | vélo | to go cycling |
| le | vélo | cycling |
| un | vélo | bike |
| un | vélodrome | cyclist track |
| le | vélo tout-terrain (VTT) | mountain bike |
| le | velours | velvet |
| un | vendeur | male sales assistant |
| une | vendeuse | female sales assistant |
| | vendre | to sell |
| | vendredi | Friday |
| | vendu | sold |
| | venimeux/venimeuse | poisonous |
| | venir | to come |
| il y a du | vent | it's windy |

■ = masculine noun   ■ = feminine noun   ■ = verb   ■ = adjective          99

| | | |
|---|---|---|
| un | vent | wind |
| une | vente | sale |
| un | ventre | stomach |
| je suis | venu(e) | I came |
| un | verbe | verb |
| un | verbe pronominal | reflexive verb |
| | vérifier | to check |
| | véritable | real |
| une | vérité | truth |
| un | verre | glass |
| les | verres de contact | contact lenses |
| | vers | towards |
| | verser | to pour |
| | vert | green |
| une | veste | jacket |
| les | vestiaires | changing-rooms |
| un | vestibule | cloakroom, hall |
| un | vêtement | item of clothing |
| les | vêtements (de marque) | (designer) clothes |
| un | vétérinaire | male vet |
| une | vétérinaire | female vet |
| ils/elles | veulent | they want |
| il/elle/on | veut | he/she/one wants |
| je | veux | I want |
| je | veux bien | I would like |
| je ne | veux pas | I don't want |
| | vexé | upset, offended |
| la | viande | meat |
| une | vidéo | video |
| | vider | to empty |
| c'est la | vie | that's life |
| une | vie | life |
| ils/elles | viennent | they come |
| | viens! | come on! |
| je | viens | I come |
| elle | vient de | she comes from |
| la | Vierge | the Virgin Mary |
| le | Viêt Nam | Vietnam |
| | vietnamien/vietnamienne | Vietnamese |
| | vieux/vieil/vieille | old |
| une | vigne | vine |
| | VIH | HIV |
| un | village | village |
| aller en | ville | to go into town |
| en | ville | in town |

■ = masculine noun ■ = feminine noun ■ = verb ■ = adjective

| | | |
|---|---|---|
| une | ville | town |
| un | vin | wine |
| le | vinaigre | vinegar |
| | vingt | twenty |
| | vingt heures trente | eight thirty (pm) |
| | violet/violette | purple |
| un | violon | violin |
| un | virage | bend |
| une | virgule | comma (punctuation), (decimal) point (maths) |
| une | virée | joyride |
| un | visage | face |
| une | visite | visit |
| une | visite guidée | guided tour |
| | visiter | to visit |
| un | visiteur | male visitor |
| une | visiteuse | female vsitor |
| une | vitamine | vitamin |
| | vite | quickly |
| une | vitesse | speed |
| une | vitre | window |
| une | vitrine | shop window |
| | vive! | long live! |
| | vivement … | roll on … |
| | vivre | to live |
| le | vocabulaire | vocabulary |
| un | vœu | wish |
| | voici | here is, here are |
| ils/elles | voient | they see |
| | voilà | there is, there are (pointing) |
| faire de la | voile | to go sailing |
| la | voile | sailing |
| un | voile | veil |
| | voir | to see |
| un | voisin | male neighbour |
| une | voisine | female neighbour |
| en | voiture | by car |
| une | voiture | car |
| une | voix | voice |
| à | voix haute | aloud |
| un | vol | flight |
| un | volcan | volcano |
| | volé | stolen |
| | voler | to steal, to fly |
| un | volet | shutter |

■ = masculine noun  ■ = feminine noun  ■ = verb  ■ = adjective

| | | |
|---|---|---|
| un | **vomir** | thief |
| le | **volley(ball)** | volleyball |
| | **vomir** | to vomit, to be sick |
| ils/elles | **vont** | they're going, they go |
| | **vos** | your |
| | **voter** | to vote |
| | **votre** | your |
| ils/elles | **voudraient** | they would like |
| je | **voudrais** | I would like |
| | **vouloir** | to want, to wish |
| | **vouloir dire** | to mean |
| | **vous** | you, yourself, yourselves |
| un | **voyage** | journey |
| | **voyager** | to travel |
| un | **voyage scolaire** | school trip |
| un | **voyageur** | male traveller |
| une | **voyageuse** | female traveller |
| un | **voyagiste** | travel agent |
| un non- | **voyant** | blind person |
| une | **voyelle** | vowel |
| vous | **voyez** | you see |
| | **voyons** | let me see |
| | **vrai** | true |
| | **vraiment** | really |
| le | **VTT (vélo tout-terrain)** | mountain-biking |
| j'ai | **vu** | I saw |
| une | **vue** | view |

= masculine noun  = feminine noun  = verb  = adjective

# Ww

| les | WC | toilets |
| un | week-end | weekend |

# Yy

| | y | there |
| il | y a | there is, there are |
| le | yaourt | yoghurt |
| ça | y est | that's done it |
| ça | y est! | that's it! |
| les | yeux | eyes |
| on | y va? | shall we go? |

# Zz

| | zéro | zero |
| | zoologique | zoological |
| le | zouk | West Indian music |
| | zut! | damn! |

A B C D E F G H I J K L M N O P Q R S T U V **W** X **Y** **Z**

A
B
C
D
E
F
G
H
I
J
K
L
M
N
O
P
Q
R
S
T
U
V
W
X
Y
Z

■ = masculine noun   ■ = feminine noun   ■ = verb   ■ = adjective

## English – French

# Aa

| | | |
|---|---|---|
| | a | un/une |
| | abandoned | abandonné |
| to be | able to | pouvoir |
| | about | environ, vers |
| it's | about | il s'agit de |
| | above | au-dessus de, par dessus |
| | above all | surtout |
| | abroad | à l'étranger |
| | absolutely | absolument |
| to | accept | accepter |
| | acceptable | acceptable |
| | accident | un accident |
| | accommodation | un logement |
| to | accompany | accompagner |
| | according to | selon |
| | accordion | un accordéon |
| to | accuse | accuser |
| | action | une action |
| | active | actif/active |
| | activity | une activité |
| | actor | un acteur |
| | actress | une actrice |
| to | add | ajouter |
| | address | une adresse |
| | adjective | un adjectif |
| to | admire | admirer |
| to | adore | adorer |
| | adult | un adulte/une adulte |
| in | advance | par avance |
| to | advance | avancer |
| | adventure film | un film d'aventures |
| | adventure story | un roman d'aventures |
| | advert | une pub |
| | advertisement | une publicité |
| | advice | un conseil |
| to | advise | conseiller |
| | aerobics | l'aérobic |
| | aeroplane | un avion |
| to be | afraid | avoir peur |
| | Africa | l'Afrique |
| | African | africain |
| | after | après |

■ = masculine noun   ■ = feminine noun   ■ = verb   ■ = adjective

| | | |
|---|---|---|
| | after all | après tout |
| | afternoon | un après-midi |
| in the | afternoon | dans l'après-midi |
| to have an | afternoon snack | goûter |
| | afterwards | ensuite |
| | again | encore |
| | against | contre |
| | age | un âge |
| | ago | il y a … |
| I don't | agree | je ne suis pas d'accord |
| to | agree | être d'accord |
| | agreed, OK | d'accord |
| | AIDS | le SIDA |
| | air | l'air |
| | airport | un aéroport |
| | alarm clock | un réveil |
| | alcohol | l'alcool |
| | Algeria | l'Algérie |
| | all | tout/toute/tous/toutes |
| | all alone | tout seul |
| | allergic | allergique |
| to be | allergic to | faire une allergie à, être allergique |
| | alligator | un alligator |
| | almost | presque |
| | alone | seul |
| | aloud | à haute voix |
| | already | déjà |
| | alright, OK | d'accord |
| are you | alright? | ça va? |
| I'm | alright | ça va |
| it's | alright | c'est bon |
| | also | aussi |
| | always | toujours |
| I | am | je suis |
| I | am 11 years old | j'ai 11 ans |
| | amazing | stupéfiant |
| | ambition | une ambition |
| | ambitious | ambitieux/ambitieuse |
| | America | l'Amérique |
| | American (adjective) | américain |
| | American man/woman | un Américain/une Américaine |
| | amusing | amusant |
| | an | un/une |
| | and | et |
| | and you? | et toi? |
| | angry | fâché |

■ = masculine noun   ■ = feminine noun   ■ = verb   ■ = adjective

| | | |
|---|---|---|
| | **animal/animals** | un animal/des animaux |
| | **ankle** | une cheville |
| to | **announce** | annoncer |
| | **annoying** | embêtant, barbant, énervant |
| that | **annoys me** | ça m'énerve |
| | **anorak** | un anorak |
| | **another** | autre |
| | **answer** | une réponse, une solution |
| to | **answer** | répondre |
| | **Antarctica** | l'Antarctique |
| | **antelope** | une antilope |
| | **anti-mosquito cream** | une crème anti-moustique |
| | **antioxidant** | un antioxydant |
| | **anyway** | de toute façon |
| | **appearance** | une apparence |
| | **apple** | une pomme |
| | **appointment** | un rendez-vous |
| | **apprenticeship** | un apprentissage |
| | **approximately** | environ |
| | **apricot** | un abricot |
| | **April** | avril |
| | **Arabic** | arabe |
| | **archduke** | un archiduc |
| | **architecture** | l'architecture |
| you | **are ...** | tu es .../vous êtes |
| | **area** | une région |
| | **are there?** | est-ce qu'il y a ... ? |
| to | **argue** | se disputer, discuter, se quereller |
| | **argument** | une dispute |
| | **arm** | un bras |
| | **armchair** | un fauteuil |
| | **armistice** | un armistice |
| | **army** | une armée |
| | **around** | vers |
| to | **arrange** | arranger |
| to | **arrest** | arrêter |
| | **arrival** | une arrivée |
| to | **arrive** | arriver |
| | **arrow** | une flèche |
| | **art** | le dessin |
| | **article** | un article |
| | **as** | comme |
| | **as ... as** | aussi ... que |
| | **as far as** | jusqu'à/au |
| I'm | **ashamed** | j'ai honte |
| | **Ash Wednesday** | le mercredi des Cendres |

B
C
D
E
F
G
H
I
J
K
L
M
N
O
P
Q
R
S
T
U
V
W
X
Y
Z

**A**

B

C

D

E

F

G

H

I

J

K

L

M

N

O

P

Q

R

S

T

U

V

W

X

Y

Z

| | Asia | l'Asie |
|---|---|---|
| to | ask | demander |
| to | ask a question | poser une question |
| | asleep | endormi |
| | aspirin | une aspirine |
| | asthma | l'asthme |
| | astronaut | un astronaute/une astronaute |
| | as usual | comme d'habitude |
| | as well, also | aussi |
| | at | à |
| | at ( …'s house) | chez |
| | at about | vers |
| I | ate | j'ai mangé |
| I | ate aubergine | j'ai mangé de l'aubergine |
| | Athens | Athènes |
| | athlete | un athlète/une athlète |
| | athletic | sportif/sportive |
| | athletics | l'athlétisme |
| | at home | à la maison |
| | Atlantic | l'Atlantique |
| | at last | enfin, finalement |
| | at least | au moins |
| | atmosphere | une atmosphère |
| | at my house | chez moi |
| | atom | un atome |
| to | attack | attaquer |
| | at the | au |
| | at the moment | en ce moment |
| | at the side of | au bord de |
| | attic | un grenier |
| to | attract | attirer |
| | at what time? | à quelle heure? |
| | audience | un public |
| | audiovisual | audiovisuel/audiovisuelle |
| | August | août |
| my | aunt | ma tante |
| | Australia | l'Australie |
| | Austria | l'Autriche |
| | Austrian | autrichien/autrichienne |
| | autumn | l'automne |
| in | autumn | en automne |
| | available | disponible |
| | avenue | une avenue |
| | average | moyen/moyenne |
| to | avoid | éviter |
| | awful | affreux/affreuse, moche |

■ = masculine noun  ■ = feminine noun  ■ = verb  ■ = adjective

# Bb

| | | |
|---|---|---|
| | **baby** | un bébé |
| to | **babysit** | faire du baby-sitting |
| | **babysitting** | le baby-sitting |
| | **back** | le dos |
| | **bacteria** | bactéries |
| | **bad** | mauvais |
| it's not | **bad** | ce n'est pas mal, bof |
| | **badly** | mal |
| | **badminton** | le badminton |
| in a | **bad mood** | de mauvaise humeur |
| | **baffled** | perplexe |
| | **bag** | un sac |
| | **baguette (bread)** | une baguette |
| | **baker** | un boulanger |
| | **baker's** | une boulangerie |
| | **balance** | un équilibre |
| | **balcony** | un balcon |
| | **bald** | chauve |
| | **ball** | une balle (*small*), un ballon (*large*) |
| | **ballpoint pen** | un stylo à bille |
| to | **ban** | interdire |
| | **banana** | une banane |
| | **bank** | une banque |
| | **banner** | la bannière |
| | **bar** | un bar |
| | **barbecue** | un barbecue |
| | **bar of chocolate** | une barre de chocolat |
| | **basement** | un sous-sol |
| | **basketball** | le basket |
| | **bass guitar** | une guitare basse |
| | **bat** | une chauve-souris |
| | **bath** | un bain |
| to have a | **bath** | prendre un bain |
| to | **bathe** | se baigner |
| | **bathroom** | une salle de bains |
| | **battle** | une bataille |
| to | **be** | être |
| to | **be able to** | pouvoir |
| | **beach** | une plage |
| to | **be amazed** | s'étonner |
| to | **be a member of** | adhérer |
| French | **bean** | un haricot vert |

■ = masculine noun ■ = feminine noun ■ = verb ■ = adjective

|  | | |
|---|---|---|
| | bear | un ours |
| to | bear | supporter |
| to | beat | battre |
| | beautiful | beau/belle |
| to | be bored | s'ennuyer |
| to | be called | s'appeler |
| | became | est devenu(e) |
| to | be careful | faire attention |
| | because | parce que/qu' |
| | because of | à cause de |
| to | become | devenir |
| | bed | un lit |
| to go to | bed | se coucher |
| to make the | bed | faire le lit |
| to | be desperate to | brûler de |
| | bedroom | une chambre |
| | beef | le bœuf |
| | beer | une bière |
| to | be fine (weather) | faire beau |
| to | be fit | être en forme |
| | before | avant (de) |
| to | begin | commencer |
| | beginner | un débutant/une débutante |
| | behind | derrière |
| to | be hot/cold (weather) | faire chaud/froid |
| to | be hungry | avoir faim |
| to | be interested in | s'intéresser à |
| | Belgian | belge |
| | Belgium | la Belgique |
| to | believe | boire |
| | bell | une cloche |
| | belongings | les affaires |
| to | belong to | appartenir à, faire partie de |
| | belt | une ceinture |
| to | bend | plier |
| to | be quiet | se taire |
| to | be right | avoir raison |
| | beside | à côté de |
| to | be situated | se trouver |
| | best | meilleur |
| | best wishes | amitiés |
| to | be sunny | faire soleil |
| to | bet | parier |
| to | be thirsty | avoir soif |
| | better | meilleur, mieux |

■ = masculine noun   ■ = feminine noun   ■ = verb   ■ = adjective

| | | |
|---|---|---|
| | between | entre |
| the | Bible | la Bible |
| | bicycle | un vélo |
| | bicycle hire | la location de vélos |
| | big | grand |
| | bigger | plus grand |
| | bike | un vélo |
| by | bike | en/à vélo |
| exercise | bike | un vélo d'appartement |
| to go for a | bike ride | faire une balade à vélo |
| | bike shop | un magasin de vélos |
| | bikini | un bikini |
| | bill | une facture |
| | billion | un milliard |
| | bin | une poubelle |
| | biologist | un biologiste/une biologiste |
| | biology | la biologie |
| | bird | un oiseau |
| | biro | un bic |
| | birthday | un anniversaire |
| | biscuit | un biscuit |
| a little | bit | un peu |
| to | bite | mordre |
| | black | noir |
| | blackboard | un tableau noir |
| | blind person | un aveugle/une aveugle |
| | block of flats | un immeuble |
| | blond | blond |
| | blond hair | les cheveux blonds |
| | blouse | un chemisier |
| | blouson jacket | un blouson |
| to | blow up | faire sauter |
| | blue | bleu |
| to | blush | rougir |
| | boarding | un embarquement |
| | boat | un bateau |
| | body-piercing | le piercing |
| in | bold | en gras |
| | Bollywood film | un film indien |
| | bone | un os |
| | book | un livre, un bouquin |
| to | book | réserver |
| | booking | la réservation |
| | booklet | un livret |
| | bookshelf | une étagère |

■ = masculine noun  ■ = feminine noun  ■ = verb  ■ = adjective

| | bookshop | une librairie |
|---|---|---|
| ankle | boot | une bottine |
| | boots | des bottes |
| to get | bored | s'ennuyer |
| | boring | ennuyeux/ennuyeuse, barbant |
| to be | born | naître |
| I was | born in | je suis né(e) à … /en/au … |
| | boss | un patron/une patronne |
| | both | tous les deux |
| | bother | la peine |
| | bottle | une bouteille, un flacon |
| I | bought | j'ai acheté |
| | boulevard | un boulevard |
| to go | bowling | faire du bowling |
| | bowling alley | le bowling |
| | bowls | les boules |
| | box | une boîte, un carton, une case |
| | boxer | un boxeur |
| | boy | un garçon |
| | boyfriend | un petit ami |
| | brace | un appareil dentaire |
| | brain | un cerveu |
| | brake | un frein |
| | brave | courageux/courageuse |
| (wholemeal) | bread | un pain (complet) |
| school | break | une récré/récréation |
| to | break | casser |
| to | break down | tomber en panne |
| | breakfast | un petit déjeuner |
| to have | breakfast | prendre le petit déjeuner |
| | breaktime | une récréation |
| | breath | un souffle |
| to | breathe | respirer |
| | bridge | un pont |
| | brief | bref/brève |
| | brilliant | génial |
| to | bring | apporter, amener |
| to | bring up | élever |
| Great | Britain | la Grande-Bretagne |
| | British | britannique |
| | Brittany | la Bretagne |
| | brochure | une brochure |
| | broken down | en panne |
| | brother | un frère |
| | brown | marron (*eyes*), brun (*hair*) |

■ = masculine noun  ■ = feminine noun  ■ = verb  ■ = adjective

|  | | |
|---|---|---|
| | **browser (computer)** | un navigateur |
| to | **brush one's hair** | se brosser les cheveux |
| to | **brush one's teeth** | se brosser les dents |
| | **Brussels** | Bruxelles |
| | **budgerigar** | une perruche |
| to | **build** | construire |
| | **building** | un bâtiment |
| | **built** | bâti |
| | **bulb** | une ampoule |
| | **bull** | un taureau |
| | **bullfighting** | une corrida |
| | **bungee-jumping** | le saut à l'élastique |
| | **burger** | un hamburger, un steak haché |
| | **burglar** | un cambrioleur/une cambrioleuse |
| to | **burn yourself** | se brûler |
| | **bus** | un autobus, un bus |
| by | **bus** | en bus |
| | **business** | un commerce |
| | **bus stop** | un arrêt de bus |
| | **busy** | occupé |
| | **but** | mais |
| | **butcher** | un boucher |
| | **butcher's** | une boucherie |
| (un/salted) | **butter** | le beurre (doux, salé) |
| I | **buy** | j'achète |
| to | **buy** | acheter |
| | **by** | par, en |
| | **by the sea** | au bord de la mer |

A
**B**
C
D
E
F
G
H
I
J
K
L
M
N
O
P
Q
R
S
T
U
V
W
X
Y
Z

# Cc

| |  |  |
|---|---|---|
| | cabbage | un chou |
| | cabin | une cabine |
| | café | un café |
| | cage | une cage |
| | cake | un gâteau |
| | cake shop | une pâtisserie |
| to | calculate | calculer |
| | calculator | une calculatrice, une calculette |
| | calendar | un calendrier |
| to | call | appeler |
| I am | called | je m'appelle |
| to be | called | s'appeler |
| | calm | calme |
| | camel | un chameau |
| | camera | un appareil photo |
| | camp | un camp |
| | camping | le camping |
| to go | camping | faire du camping |
| | campsite | le camping |
| | can (to be able to) | pouvoir |
| I | can | je peux |
| | Canada | le Canada |
| | Canadian man/woman | un Canadien/une Canadienne |
| | cancer | un cancer |
| | canoe | un canot, un canoë |
| to go | canoeing | faire du canoë |
| (school) | canteen | une cantine (scolaire) |
| I | can't stand | je ne supporte pas |
| | cap | une casquette |
| | capful | une capsule |
| | capital (city) | une capitale |
| | capital of | la capitale de |
| | car | une voiture |
| by | car | en voiture |
| | caravan | une caravane |
| | carbon dioxide | le dioxyde de carbone |
| playing | card | une carte |
| | card game | un jeu de cartes |
| | cards (game) | les cartes |
| to play | cards | jouer aux cartes |
| | careful! | attention! |
| | carefully | soigneusement |
| | carnival | un carnaval |

■ = masculine noun　■ = feminine noun　■ = verb　■ = adjective

| | | |
|---|---|---|
| | carnivore | un carnivore |
| | car park | un parking |
| | carpet | un tapis, une moquette |
| | carrot | une carotte |
| to | carry | porter |
| | cartoon | un dessin animé, une bande dessinée |
| (in any) | case | (en tout) cas |
| | cashier | un caissier/une caissière |
| | cassette | une cassette |
| | castle | un château |
| | cat | un chat |
| | catalogue | un catalogue |
| to | catch | attraper |
| to | catch sight of | apercevoir |
| | category | une catégorie |
| | cathedral | une cathédrale |
| | cauliflower | un chou-fleur |
| to | cause | causer |
| | CD | un CD |
| | CD player | un lecteur de compact |
| | CD-ROM | un cédérom |
| | CD-writer | un graveur |
| | ceasefire | un armistice |
| to | celebrate | célébrer, fêter |
| | celebration | une fête |
| | celebrity | une célébrité |
| | cellar | une cave |
| | cello | un violoncelle |
| | cemetery | un cimetière |
| | centre | un centre |
| town | centre | un centre-ville |
| | century | un siècle |
| | cereal | la céréale |
| | certain | certain |
| (I am) | certain | (j'en suis) sûr(e) |
| | certainly | certainement, sans doute |
| | chair | une chaise |
| | chalet | un chalet |
| | champion | un champion/une championne |
| | championship | un championnat |
| to | change | changer |
| | changing-rooms | les vestiaires |
| the English | Channel | la Manche |
| TV | channel | une chaîne |
| the | Channel Tunnel | le tunnel sous la Manche |
| | chapter | un chapitre |

■ = masculine noun  ■ = feminine noun  ■ = verb  ■ = adjective  115

| | | |
|---|---|---|
| | character | un personnage |
| | charming | charmant |
| to | chase | chasser |
| to | chat | tchatcher, bavarder |
| | chatty | bavard |
| | cheap | bon marché |
| to | check | vérifier |
| | checked | à carreaux |
| to | check in | enregistrer |
| | cheese | un fromage |
| | chef | un chef cuisinier, un chef de cuisine |
| | chemistry | la chimie |
| | chemist's | une pharmacie |
| | cherry | une cerise |
| | chess | les échecs |
| to play | chess | jouer aux échecs |
| | chestnut brown hair | les cheveux châtains |
| | chest of drawers | une commode |
| (roast) | chicken | un poulet (rôti) |
| | child | un enfant |
| only | child | un fils/une fille unique |
| | childhood | l'enfance |
| | childish | enfantin |
| | China | la Chine |
| | chips | les frites |
| | chocolate | le chocolat |
| hot | chocolate | un chocolat chaud |
| | chocolate croissant | un pain au chocolat |
| | choice | un choix |
| | choir | une chorale |
| to | choose | choisir, opter |
| | Christian | chrétien/chrétienne |
| | Christianity | le christianisme |
| | Christmas | le Noël |
| | church | une église |
| | cider | le cidre |
| | cigarette | une cigarette |
| | cinema | un cinéma |
| | circle | un rond, un cercle |
| | circus | un cirque |
| | city | une grande ville |
| | civilised | civilisé |
| | clarinet | une clarinette |
| | class | une classe |
| | classical music | la musique classique |
| | classmate | un camarade/une camarade |

■ = masculine noun   ■ = feminine noun   ■ = verb   ■ = adjective

| | | |
|---|---|---|
| | **classroom** | une salle de classe |
| | **clean** | propre |
| to | **clean** | nettoyer |
| | **clear** | clair |
| to | **clear the table** | débarrasser la table |
| to | **click** | cliquer |
| to | **click on** | cliquer sur |
| | **climate** | un climat |
| to | **climb (up)** | monter |
| | **climber** | un alpiniste/une alpiniste |
| | **climbing (mountain)** | l' alpinisme |
| | **climbing (rock)** | l' escalade |
| | **clock** | une montre |
| to | **close** | fermer |
| | **closure** | la fermeture |
| | **clothes** | les vêtements |
| | **clothes shop** | un magasin de vêtements |
| | **cloud** | un nuage |
| | **club** | un club |
| | **cluttered** | encombré |
| | **coach (sport)** | un entraîneur |
| | **coach (transport)** | un car |
| by | **coach** | en car |
| on the | **coast** | au bord de la mer |
| | **coast(line)** | une côte |
| | **coat/coats** | un manteau/les manteaux |
| | **coffee** | un café |
| white | **coffee** | un café au lait, un café-crème |
| | **coke** | un coca |
| | **cold** | froid |
| I am | **cold** | j'ai froid |
| it's | **cold** | il fait froid |
| to be | **cold** | avoir froid |
| to catch a | **cold** | s'enrhumer |
| to have a | **cold** | être enrhumé |
| to | **collaborate** | collaborer |
| to | **collect** | collectionner |
| | **college** | un collège |
| | **colour** | une couleur |
| this | **colour suits me** | cette couleur me va |
| to | **comb one's hair** | se peigner |
| to | **come** | venir |
| to | **come back** | rentrer, revenir |
| | **comedy** | une comédie, un spectacle comique, un film comique |
| | **comfortable** | confortable |

■ = masculine noun  ■ = feminine noun  ■ = verb  ■ = adjective

A
B
**C**
D
E
F
G
H
I
J
K
L
M
N
O
P
Q
R
S
T
U
V
W
X
Y
Z

| | comic strip | une bande dessinée/une BD |
|---|---|---|
| are you | coming? (informal) | tu viens? |
| | compact disc | un compact |
| | companion | un compagnon |
| | company | une société |
| | compass points | les directions |
| | competition | une compétition, un concours |
| | competitive | compétitif/compétitive |
| | competitor | un compétiteur/une compétitrice |
| | complaint | une réclamation |
| to | complete | compléter |
| | completely | complètement, tout à fait |
| | comprehensive school | un CES, un collège |
| | compulsory | obligatoire |
| | computer | un ordinateur |
| | computer game | un jeu vidéo, un jeu électronique |
| to play | computer games | jouer à l'ordinateur |
| | computerised | informatisé |
| | computer programmer | un programmeur/une programmeuse |
| | computer studies (ICT) | l'informatique |
| | computer technology | l'informatique |
| to be | concerned with | s'occuper de |
| | concert | un concert |
| | conference | une conférence |
| | confidence | une confiance |
| to | confirm | confirmer |
| | congratulations | félicitations |
| to | consider | envisager de |
| | constantly | constamment |
| | constipation | la constipation |
| | construction site | un chantier |
| to | consume | consommer |
| | contact lenses | les verres de contact |
| to | contain | contenir |
| to | continue | continuer |
| | contribution | une contribution |
| | control | un contrôle |
| | conversation | une conversation |
| | conveyor belt | un tapis roulant |
| | convincing | convaincant |
| to | cook | faire cuire, cuisiner |
| | cooked | cuit |
| | cooker | une cuisinière |
| | cooking | la cuisine, la cuisson |
| to do the | cooking | faire la cuisine |

■ = masculine noun   ■ = feminine noun   ■ = verb   ■ = adjective

| | | |
|---|---|---|
| | cool | cool (*invariable*) |
| to | copy | copier |
| to | copy and paste | copier et coller |
| to | copy out | recopier |
| | corner | un coin |
| | correct | vrai, corrigé |
| | Corsica | la Corse |
| | cosmonaut | un cosmonaute/une cosmonaute |
| to | cost | coûter |
| | cotton | le coton |
| | cough | une toux |
| we | could | on pourrait |
| to | count | compter |
| | counter | un comptoir |
| | country | un pays |
| in the | country | à la campagne |
| | countryside | la campagne |
| | county | un département |
| | couple | un couple |
| | courgette | une courgette |
| a (study) | course | un stage |
| (main) | course | le plat (principal) |
| | cousin | un cousin/une cousine |
| to | cover | couvrir |
| | cream | la crème |
| whipped | cream | la chantilly |
| | create | créer |
| | crew | un équipage |
| | cricket | le cricket |
| | criminal | un criminel/une criminelle |
| | crisps | les chips |
| to | criticise | critiquer |
| | crocodile | un crocodile |
| | croissant | un croissant |
| to | cross | traverser |
| | cross-country skiing | le ski de fond |
| | crossing | une traversée |
| | crossroads | un carrefour |
| | crossword | les mots croisés |
| | crowd | une foule |
| to | crown | couronner |
| | cruel | cruel/cruelle |
| | cruise | une croisière |
| to | cry | pleurer, crier |
| | cup | une tasse |

= masculine noun ■ = feminine noun ■ = verb ■ = adjective

| | | |
|---|---|---|
| | cup (football) | une coupe |
| | cupboard | un placard (*kitchen*), une armoire |
| | curly | frisé |
| | curly hair | les cheveux bouclés |
| | currency | une monnaie |
| | current | un courant |
| | cursor | un curseur |
| | curtain/curtains | un rideau/les rideaux |
| | custard | la crème anglaise |
| | customer | un client/une cliente |
| to | cut | couper |
| | cute | mignon/mignonne |
| | cyberfriend | un cyber-copain |
| | cycle ride | une promenade en vélo |
| to go | cycling | faire du vélo, faire du cyclisme |

= masculine noun  = feminine noun  = verb  = adjective

# Dd

|  | | |
|---|---|---|
| | **dad** | papa |
| | **dairy product** | un produit laitier |
| to | **dance (with)** | danser (avec) |
| | **dancing** | la danse |
| | **dangerous** | dangereux/dangereuse |
| to | **dare** | oser |
| | **dark** | foncé |
| | **dark blue** | bleu foncé |
| | **darling** | un chéri/une chérie |
| | **darts** | les fléchettes |
| | **date (fruit)** | une datte |
| | **date (in time)** | une date |
| | **daughter** | une fille |
| | **day** | un jour |
| a (whole) | **day** | une journée |
| | **day off** | un congé |
| | **dead** | mort |
| | **deaf** | sourd |
| | **dear** | cher/chère |
| | **December** | décembre |
| to | **decide** | décider |
| to | **decorate** | décorer |
| | **deeply** | à fond |
| | **deep-sea diving** | la plongée sous-marine |
| | **degree** | un degré |
| to | **delete** | effacer |
| | **delicious** | délicieux/délicieuse |
| to | **deliver** | distribuer |
| | **demonstration** | une manifestation |
| | **Denmark** | le Danemark |
| | **department store** | un grand magasin |
| | **departure** | un départ |
| to | **depend** | dépendre |
| | **depressing** | déprimant |
| | **depth** | une profondeur |
| | **descent** | une descente |
| to | **describe** | décrire |
| | **description** | une description |
| | **designer clothes** | des vêtements de marque |
| | **desk** | un bureau |
| | **dessert** | un dessert |
| | **destination** | une destination |

A B C **D** E F G H I J K L M N O P Q R S T U V W X Y Z

▉ = masculine noun   ▉ = feminine noun   ▉ = verb   ▉ = adjective

121

| |  |  |
|---|---|---|
| to | **destroy** | détruire |
| | **destruction** | une destruction |
| | **detail** | un détail |
| to | **detect** | détecter |
| | **detective** | un détective |
| | **detective film** | un film policier |
| to | **detest** | détester |
| | **dialogue** | un dialogue |
| | **diarrhoea** | une diarrhée |
| | **diary** | un agenda |
| | **dice** | un dé |
| | **dictionary** | un dictionnaire |
| I | **did my homework** | j'ai fait mes devoirs |
| to | **die** | mourir |
| | **diesel engine** | un moteur à gasoil |
| | **diet** | un régime |
| | **difference** | une différence |
| | **different** | différent |
| | **difficult** | difficile, dur |
| to | **digest** | digérer |
| | **digestion** | la digestion |
| | **digital** | numérique |
| to | **dine** | dîner |
| | **dining room** | une salle à manger |
| | **dinner** | un dîner |
| | **dinosaur** | un dinosaure |
| | **direction** | une direction |
| | **directly** | directement |
| | **dirty** | sale |
| | **disadvantage** | un inconvénient |
| | **disappointed** | déçu |
| | **disaster** | un désastre |
| | **disastrous** | désastreux/désastreuse |
| | **disc** | un disque |
| | **disco** | une disco |
| to | **discover** | découvrir |
| to | **discuss** | discuter |
| | **disease** | une maladie |
| to | **disembark** | débarquer |
| | **disgusted** | dégoûté |
| | **disgusting** | dégoûtant |
| | **dish** | un plat |
| | **dishwasher** | un lave-vaisselle |
| | **disk** | un disque |
| floppy | **disk** | une disquette |

= masculine noun  = feminine noun  = verb  = adjective

| | | |
|---|---|---|
| | **distance** | une distance |
| to | **distribute** | distribuer |
| | **district** | un quartier |
| to | **disturb** | déranger |
| to | **dive** | plonger |
| | **diver** | un plongeur |
| to | **divide** | diviser |
| | **diving** | la plongée sous-marine |
| to get | **divorced** | divorcer |
| | **DIY** | le bricolage |
| I | **do** | je fais |
| to | **do** | faire |
| | **doctor** | un médecin |
| | **document** | un document |
| | **documentary** | un documentaire |
| | **does that hurt?** | ça vous fait mal? |
| | **dog** | un chien |
| | **done it** | ça y est |
| I | **don't do anything** | je ne fais rien |
| I | **don't eat enough …** | je ne mange pas assez de … |
| | **door** | une porte |
| | **dormitory** | un dortoir |
| to | **do sport** | faire du sport, pratiquer un sport |
| to | **download** | transférer |
| | **downstairs** | en bas |
| | **down there** | là-bas |
| | **dozen** | une douzaine |
| | **drama** | le théâtre, les arts dramatiques |
| to do | **drama** | faire du théâtre |
| I | **drank** | j'ai bu |
| | **drat!** | zut! |
| to | **draw** | dessiner |
| | **drawer** | un tiroir |
| | **drawing** | un dessin |
| to | **dread** | avoir horreur de |
| | **dreadful** | affreux/affreuse |
| | **dream** | un rêve |
| to | **dream of** | rêver de |
| | **dreary** | pas marrant |
| | **dress** | une robe |
| I get | **dressed** | je m'habille |
| to get | **dressed** | s'habiller |
| | **dress-making workshop** | un atelier de confection |
| | **drink** | une boisson |
| to | **drink** | boire |

A
B
C
**D**
E
F
G
H
I
J
K
L
M
N
O
P
Q
R
S
T
U
V
W
X
Y
Z

| | | |
|---|---|---|
| | **drinks** | les boissons |
| to | **drive** | conduire |
| | **driver (car)** | un automobiliste/une automobiliste, un conducteur/une conductrice |
| | **driving licence** | un permis de conduire |
| | **drug** | une drogue |
| | **drums** | une batterie, un tambour |
| | **dry** | sec/sèche |
| | **during** | pendant |
| | **dustbin** | une poubelle |
| | **Dutch** | hollandais |
| | **DVD** | un DVD |
| | **DVD player** | un lecteur DVD |

■ = masculine noun   ■ = feminine noun   ■ = verb   ■ = adjective

# Ee

| | | |
|---|---|---|
| | **each** | chaque |
| | **each one** | chacun |
| | **ear** | une oreille |
| | **earache** | mal aux oreilles |
| | **early** | tôt |
| | **early (in good time)** | de bonne heure |
| to | **earn** | gagner |
| | **earring** | une boucle d'oreille |
| | **earth** | la terre |
| | **easily** | facilement |
| | **east** | l'est |
| | **Easter** | Pâques |
| | **easy** | facile |
| to | **eat** | manger |
| I | **eat too much ...** | je mange trop de ... |
| | **edge** | le bord |
| | **Edinburgh** | Édimbourg |
| | **effective** | efficace |
| | **effort** | une peine |
| | **egg** | un œuf |
| | **Egypt** | l'Égypte |
| | **Egyptian man/woman** | un Égyptien/une Égyptienne |
| | **Eiffel Tower** | la tour Eiffel |
| | **eight** | huit |
| | **eighteen** | dix-huit |
| | **eighty** | quatre-vingts |
| | **either ... or ...** | ou ... ou |
| | **election** | une élection |
| | **electric guitar** | une guitare électrique |
| | **electricity** | l'électricité |
| | **electronic** | électronique |
| | **elephant** | un éléphant |
| | **eleven** | onze |
| | **e-mail** | un e-mail, un message électronique, un courrier électronique |
| | **emergency** | cas d'urgence |
| | **emissions** | une émission |
| to | **emit** | émettre |
| | **emperor** | un empereur |
| | **employee** | un employé/une employée |
| to | **empty** | vider |
| | **encumbered** | encombré |

■ = masculine noun  ■ = feminine noun  ■ = verb  ■ = adjective

| | | |
|---|---|---|
| | **end** | une fin |
| | **enemy** | un ennemi |
| | **energetic** | énergique |
| | **energy** | l' énergie |
| | **engine** | un moteur |
| | **England** | l'Angleterre |
| | **English (language/subject)** | l'anglais |
| | **English (nationality)** | anglais |
| (in) | **English** | (en) anglais |
| | **English man/woman** | un Anglais/une Anglaise |
| to | **enjoy oneself** | s'amuser |
| | **enormous** | énorme |
| | **enough** | assez |
| to | **enter** | entrer |
| to | **entertain** | amuser |
| | **entrance** | une entrée |
| | **envelope** | une enveloppe |
| | **environment** | un environnement |
| | **episode** | un épisode |
| | **epoch** | une époque |
| | **equal** | égal |
| | **equipment** | un équipement |
| | **equipped** | aménagé, équipé |
| | **eruption** | une éruption |
| | **especially** | surtout, spécialement |
| | **estate agent** | un agent immobilier |
| | **euro (unit of currency)** | un euro |
| | **Europe** | l'Europe |
| | **European** | européen |
| | **European man/woman** | un Européen/une Européenne |
| | **European Union** | la Union européenne |
| | **even** | égal, même |
| | **evening** | un soir |
| a (whole) | **evening** | une soirée |
| (in the) | **evening** | le soir |
| | **evening meal** | un dîner |
| | **event** | un événement |
| | **everybody** | tout le monde |
| | **every day** | tous les jours |
| | **everyone** | tout le monde, chacun |
| | **everything** | tout |
| | **everywhere** | partout |
| | **exactly** | exactement |
| to | **exaggerate** | exagérer |
| | **exam** | un examen |

■ = masculine noun   ■ = feminine noun   ■ = verb   ■ = adjective

| | | |
|---|---|---|
| to | **examine** | examiner |
| | **example** | un exemple |
| for | **example** | par exemple |
| | **excellent** | excellent |
| | **except** | sauf |
| | **exchange** | un échange |
| | **exciting** | passionnant |
| | **exercise** | un exercice |
| to | **exercise** | s'exercer, faire de l'exercice |
| | **exercise book** | un cahier |
| | **exhibition** | une exposition |
| | **exit** | une sortie |
| | **expedition** | une expédition |
| | **expensive** | cher/chère |
| | **experience** | une expérience |
| to | **explain** | expliquer |
| | **explanation** | une explication |
| to | **explode** | exploser |
| | **exploitation** | une exploitation |
| | **explorer** | un explorateur/une exploratrice |
| | **explosives** | les explosifs |
| | **expression** | une expression |
| | **extra** | en plus |
| | **extraterrestrial** | un extraterrestre |
| | **eye(s)** | un œil (les yeux) |
| | **eyebrow** | un sourcil |

A B C D **E** F G H I J K L M N O P Q R S T U V W X Y Z

# Ff

|  | | |
|---|---|---|
| | face | un visage |
| | factory | une usine |
| | fair | juste |
| | fair (hair) | blond |
| | fairly | assez |
| to | fall | tomber |
| to | fall asleep | s'endormir |
| to | fall ill | tomber malade |
| | false | faux/fausse |
| | family | une famille |
| | family tree | un arbre généalogique |
| | famous | célèbre, connu |
| | fan | un fanatique/une fanatique, un fana/une fana |
| | fantastic | fantastique |
| | far | loin |
| | farm | une ferme |
| | farmer | un fermier/une fermière |
| | fascinating | fascinant |
| | fashion | une mode |
| | fashionable | à la mode |
| not | fashionable | démodé |
| | fast | rapide |
| | fast-food restaurant | un fast-food |
| | fat | gros, une matière grasse |
| | father | un père |
| my | father | mon père |
| | favourite | préféré |
| my | favourite colour | ma couleur préférée |
| | fax | un fax |
| | February | février |
| to be | fed up | (en) avoir marre |
| to | feed | donner à manger |
| to | feel | se sentir |
| | felt-tip pen | un feutre |
| | female | une femelle |
| | feminine | féminin |
| | festival | une fête, un festival |
| | fever | une fièvre |
| | fibre | une fibre |
| | field | un champ |
| | fierce | féroce |

■ = masculine noun   ■ = feminine noun   ■ = verb   ■ = adjective

| | | |
|---|---|---|
| | **fifteen** | quinze |
| | **fifth** | cinquième |
| | **fifty** | cinquante |
| | **fig** | une figue |
| | **fight** | un combat |
| to | **fight** | se battre |
| | **figure** | la ligne |
| | **file (computer)** | un fichier |
| | **file (stationery)** | un classeur |
| | **film** | un film |
| | **final (championship)** | une finale |
| | **finally** | finalement, enfin |
| to | **find** | trouver |
| to | **find accommodation** | se loger |
| to | **find and replace** | rechercher et remplacer |
| I'm | **fine** | ça va |
| it's | **fine weather** | il fait beau |
| | **finger** | un doigt |
| I | **finish** | je finis |
| to | **finish** | finir, terminer |
| | **Finland** | la Finlande |
| | **fire** | un feu |
| | **firefighter** | un pompier |
| | **firework display** | un feu d'artifice |
| | **first** | premier/première |
| | **first course** | l'entrée |
| on the | **first floor** | au premier étage |
| | **first name** | un prénom |
| the | **first of (March)** | le premier (mars) |
| | **first of all** | d'abord |
| | **fir tree** | un sapin |
| (fried) | **fish** | un poisson (frit) |
| (gold) | **fish** | un poisson (rouge) |
| | **fisherman** | un pêcheur |
| | **fishing** | la pêche |
| to go | **fishing** | aller à la pêche |
| | **fishmonger's** | une poissonnerie |
| | **fit, in good shape** | en forme |
| | **fitness** | la forme |
| | **five** | cinq |
| | **fizzy** | gazeux/gaseuse |
| | **flag** | un drapeau |
| | **flan** | une tarte |
| | **Flanders** | (les) Flandre(s) |
| | **flat** | plat |

A B C D E **F** G H I J K L M N O P Q R S T U V W X Y Z

■ = masculine noun   ■ = feminine noun   ■ = verb   ■ = adjective          129

| | flat (building) | un appartement |
|---|---|---|
| | flea market | un marché aux puces |
| | flight | un vol |
| | floor | le sol |
| | floor (storey) | un étage |
| on the | floor | par terre |
| on the (first) | floor | au (premier) étage |
| | floppy disk | une disquette |
| | flour | la farine |
| | flower | la fleur |
| | flu | la grippe |
| | flute | une flûte |
| | fly | voler, s'envoler |
| | fog | un brouillard |
| it's | foggy | il y a du brouillard, il fait du brouillard |
| it will be | foggy | il y aura du brouillard |
| | folder | un fichier |
| to | follow | suivre |
| | following, next | suivant |
| | food | la nourriture |
| | food chain | la chaîne alimentaire |
| | foot | un pied |
| on | foot | à pied |
| | football | le foot(ball) |
| to play | football | jouer au foot |
| | football match | un match de football |
| | football pitch | un terrain de foot, un stade |
| | football strip | un maillot de foot |
| | for | pour |
| to | forbid | interdire |
| | forbidden | interdit |
| | for example | par exemple |
| | forecast | une prévision |
| to | forecast | prévoir |
| | foreigner | un étranger/une étrangère |
| | foreign language | une langue étrangère |
| | forest | une forêt |
| to | forget | oublier |
| | form | une fiche |
| | fortnight | une quinzaine, deux semaines |
| | fortunately | heureusement |
| | forty | quarante |
| | foundry | une fonderie |
| | fountain | une fontaine |

= masculine noun  = feminine noun  = verb  = adjective

A

B

C

D

E

**F**

G

H

I

J

K

L

M

N

O

P

Q

R

S

T

U

V

W

X

Y

Z

|  | **four** | quatre |
|---|---|---|
|  | **fourteen** | quatorze |
|  | **fourth** | quatrième |
|  | **fox** | un renard |
|  | **France** | la France |
|  | **free** | libre, gratuit (*no charge*) |
| to | **free** | libérer |
|  | **free time** | un temps libre |
| to | **freeze** | geler, congeler |
|  | **freezer** | un congélateur |
|  | **French (language/subject)** | le français |
|  | **French (nationality)** | français |
| (in) | **French** | (en) français |
|  | **French man/woman** | un Français/une Française |
|  | **French-speaking** | francophone |
|  | **French stick** | une baguette |
|  | **frequency** | une fréquence |
|  | **fresh, cool** | frais/fraîche |
|  | **Friday** | vendredi |
| on | **Fridays** | le vendredi |
|  | **fridge** | un frigo |
|  | **friend** | un copain/une copine, un ami/une amie |
|  | **friendly** | gentil/gentille |
|  | **frightened** | effrayé |
|  | **frightening** | effrayant |
|  | **from** | de/d', à partir de |
| in | **front of** | devant |
|  | **fruit** | un fruit |
|  | **fruit juice** | un jus de fruit |
|  | **full of** | plein de |
|  | **fun** | amusant |
|  | **funfair** | une fête foraine |
|  | **funny** | amusant, drôle, marrant, rigolo |
|  | **funny story** | un roman humoristique |
|  | **fur** | le poil |
| (piece of) | **furniture** | un meuble |
|  | **future** | le futur, l'avenir |

# Gg

| | | |
|---|---|---|
| | galaxy | une galaxie |
| | game | un jeu |
| | game show | un jeu télévisé |
| | games room | une salle de jeux |
| | garage | un garage |
| | garden | un jardin |
| | gardening | le jardinage |
| to do the | gardening | jardiner |
| | garlic | l'ail |
| | gas | un gaz |
| | gate | une porte |
| in | general | en général |
| | generation | une génération |
| | gently, softly | doucement |
| | geography | la géo(graphie) |
| | German (language/ subject) | l'allemand |
| | German (nationality) | allemand |
| (in) | German | en allemand |
| | German man/woman | un Allemand/une Allemande |
| | Germany | l'Allemagne |
| to | get | obtenir, recevoir |
| to | get a suntan | se bronzer |
| to | get cross | se fâcher |
| to | get dressed | s'habiller |
| | get it? | compris? |
| to | get off (bus) | descendre |
| to | get on with | s'entendre (avec) |
| to | get out | débarquer |
| to | get to know | faire la connaissance de |
| to | get undressed | se déshabiller |
| I | get up/I got up | je me lève, je me suis levé(e) |
| to | get up | se lever |
| to | get washed | se laver |
| | ghost | un fantôme |
| | giant | géant |
| | gift | un cadeau |
| | ginger hair | les cheveux roux |
| | giraffe | une girafe |
| | girl | une fille |
| | girlfriend | une petite amie |
| to | give | donner |

■= masculine noun  ■= feminine noun  ■= verb  ■= adjective

|  | glass | un verre |
|---|---|---|
|  | glasses (spectacles) | les lunettes |
|  | global (of the world) | mondial |
|  | gloomy | maussade |
|  | glove | un gant |
|  | glue | une colle |
|  | gluestick | un bâton de colle |
| to | go | aller |
|  | goal | un but |
| to | go around | faire le tour de |
| to | go back | retourner |
| to | go camping | faire du camping |
| to | go down | descendre |
| to | go for a walk | se promener |
| to | go in | pénétrer, entrer |
| I'm | going to go to the | je vais aller au/à la … |
| I'm | going to see … | je vais aller voir … |
| to | go into town | sortir en ville |
|  | goldfish | un poisson rouge |
|  | golf | le golf |
| to | go near | s'approcher |
|  | good | bon/bonne |
| it's | good | c'est bien |
| no | good | nul |
|  | goodbye | au revoir |
|  | good day, good morning | bonjour |
|  | good evening | bonsoir |
|  | good idea | bonne idée |
|  | good luck | bonne chance/bon courage |
|  | good-natured | toujours de bonne humeur |
| to | go out | sortir |
| to | go past | passer |
|  | gorilla | un gorille |
| to | go shopping | faire du shopping, faire les magasins |
| I've | got | j'ai |
| to | go to a nightclub | sortir en boîte |
| to | go to bed | se coucher |
| to | go to school | aller au collège |
| to | go to the … | aller au/à la … |
| to | go up | monter |
|  | gram | un gramme |
|  | grandad | papy, papi |
|  | grandfather | un grand-père |
|  | grandmother | une grand-mère |
|  | grandparents | les grands-parents |

A
B
C
D
E
F
**G**
H
I
J
K
L
M
N
O
P
Q
R
S
T
U
V
W
X
Y
Z

■ = masculine noun   ■ = feminine noun   ■ = verb   ■ = adjective   133

A
B
C
D
E
F
**G**
H
I
J
K
L
M
N
O
P
Q
R
S
T
U
V
W
X
Y
Z

| | | |
|---|---|---|
| | **granny** | mamie |
| | **grapefruit** | un pamplemousse |
| | **grapes** | un raisin, des raisins, du raisin |
| | **grass** | l'herbe |
| | **grated** | râpé |
| | **greasy** | gras/grasse |
| | **great** | super, chouette, fantastique, génial, formidable |
| | **Great Britain** | la Grande-Bretagne |
| | **great-grandfather** | arrière grand-père |
| | **great-grandmother** | arrière grand-mère |
| | **Greece** | la Grèce |
| | **greedy** | gourmand |
| | **Greek** | grec/grecque |
| | **green** | vert |
| | **green beans** | les haricots verts |
| | **grey** | gris |
| | **grid** | une grille |
| | **groceries** | les provisions |
| on the | **ground** | par terre |
| | **ground floor** | le rez-de-chaussée |
| on the | **ground floor** | au rez-de-chaussée |
| | **group** | un groupe |
| to | **grow** | grandir |
| to | **guess** | deviner |
| | **guest** | un visiteur/une visiteuse, un invité/une invitée |
| | **guided tour** | une visite guidée |
| | **guilty person, culprit** | un coupable |
| | **guinea-pig** | un cochon d'Inde, un cobaye |
| | **guitar** | une guitare |
| | **gymnasium** | une salle de gymnastique |
| rhythmic | **gymnastics** | la gymnastique rythmique et sportive |
| to do | **gymnastics** | faire de la gymnastique |

■ = masculine noun   ■ = feminine noun   ■ = verb   ■ = adjective

# Hh

|  |  |  |
|---|---|---|
| I | had | j'avais |
|  | hair | les cheveux |
|  | hairbrush | une brosse à cheveux |
|  | hairdresser's | un salon de coiffure, un coiffeur/une coiffeuse |
|  | hairdryer | un sèche-cheveux |
|  | half | demi |
|  | half-brother | un demi-frère |
|  | half hour | une demi-heure |
|  | half past ... | ... et demie |
|  | half-sister | une demi-sœur |
|  | hall | un vestibule, une entrée |
| (raw) | ham | un jambon (cru) |
|  | hamburger | un hamburger |
|  | hamster | un hamster |
|  | hand | une main |
|  | handbag | un sac à main |
|  | handsome | beau |
| to | hang around | traîner |
| to | happen | se passer, se faire |
|  | happiness | le bonheur |
|  | happy | content, heureux/heureuse |
|  | happy birthday! | bon anniversaire!, joyeux anniversaire! |
|  | happy New Year! | bonne année! |
|  | harbour | un port |
|  | hard | difficile, dur, pénible |
|  | hard-working person | un travailleur/une travailleuse |
| he/she | has | il/elle a |
|  | hat | un chapeau |
| bowler | hat | un chapeau melon |
| to | hate | détester |
| to | hate something | avoir horreur de |
| I | have | j'ai |
| I'll | have ... | je vais prendre ... |
| to | have | avoir |
| to | have (food) | prendre |
| to | have a cold | être enrhumé |
| to | have a row | se disputer |
| to | have a shower | se doucher |
| to | have a wash | se laver |
| to | have flu | avoir la grippe |
| to | have fun | s'amuser |

■ = masculine noun  ■ = feminine noun  ■ = verb  ■ = adjective  135

| | | |
|---|---|---|
| to | **have lunch/dinner** | déjeuner |
| to | **have to** | devoir |
| | **hazelnut** | une noisette |
| | **he, it** | il |
| | **head** | une tête |
| | **headache** | mal à la tête |
| | **health** | la santé |
| | **healthy** | sain |
| | **healthy lifestyle** | une bonne hygiène de vie |
| to | **hear** | entendre |
| | **heart** | un cœur |
| (by) | **heart** | par cœur |
| | **heat** | une chaleur |
| | **heated** | chauffé |
| | **heating** | un chauffage |
| | **heavy** | lourd |
| | **hedgehog** | un hérisson |
| | **height (building,object)** | une hauteur |
| | **he is tall** | il est grand |
| | **he is twelve years old** | il a douze ans |
| | **helicopter** | un hélicoptère |
| | **hello** | salut, bonjour, (*phone*) allô |
| | **helmet** | un casque |
| | **help** | un secours, une aide |
| to | **help** | aider |
| to | **help oneself** | se servir, s'aider |
| to | **help with** | collaborer |
| | **help yourself!** | sers-toi!/servez-vous! |
| | **her** | son/sa/ses |
| | **herb** | une herbe |
| | **here** | ici |
| | **here is/here are** | voici … |
| | **here it is** | le voici |
| | **here you are** | voilà |
| | **hero** | un héros |
| to | **hesitate** | hésiter |
| | **hi!** | salut! |
| to | **hide (yourself)** | se cacher |
| | **hi-fi** | une chaîne stéréo |
| | **high** | haut |
| | **high street** | la grand-rue |
| | **hike** | une randonnée |
| | **hill** | une colline |
| | **hippopotamus** | un hippopotame |
| to | **hire** | louer |

■ = masculine noun  ■ = feminine noun  ■ = verb  ■ = adjective

| | | |
|---|---|---|
| | his | son/sa/ses |
| | historic | historique |
| | history | l'histoire |
| | history and geography | l'histoire-géographie |
| to | hit | frapper |
| | HIV | le VIH |
| | hobby | un passe-temps |
| | hockey | le hockey |
| to | hold | tenir |
| | holiday | un congé |
| | holiday home | un gîte |
| | holidays | les vacances |
| | Holland | les Pays-Bas, la Hollande |
| at | home | à la maison |
| my/our | home | chez moi/nous |
| to go | home | rentrer à la maison |
| | homeless | sans domicile fixe |
| | homework | les devoirs |
| to do one's | homework | faire les devoirs |
| | homework diary | un carnet de textes |
| | honey | le miel |
| | hoover | un aspirateur |
| to do the | hoovering | passer l'aspirateur |
| to | hope (for) | espérer |
| | horrible | affreux/affreuse |
| | horror | l'horreur |
| | horror film | un film d'horreur |
| | horse/horses | un cheval/les chevaux |
| | horse rider | un cavalier |
| to go | horse riding | faire de l'équitation |
| | hospital | un hôpital |
| | hot | chaud |
| I'm | hot | j'ai chaud |
| it's | hot | il fait chaud |
| to be | hot | avoir chaud |
| | hot chocolate | un chocolat chaud |
| | hot dog | un hot-dog |
| | hotel | un hôtel |
| | hour | une heure |
| | house | une maison |
| a large | house | une grande maison |
| a semi-detached | house | une maison jumelle |
| a small | house | une petite maison |
| in/at my | house | chez moi |
| | household task | une tâche ménagère |

■ = masculine noun   ■ = feminine noun   ■ = verb   ■ = adjective   137

| | | |
|---|---|---|
| | housework | le ménage |
| to do the | housework | ranger la maison |
| | how | comment |
| | how are you? | ça va? |
| | how do I get to … ? | pour aller à … ? |
| | how do you spell that? | ça s'écrit comment? |
| | how far is it? | c'est loin? |
| | how long … ? | combien de temps … ? |
| | how many … ? | combien de …? |
| | how many are there? | combien y en a-t-il? |
| | how many times … ? | combien de fois … ? |
| | how much is it? | c'est combien?, ça coûte combien? |
| | how old are you? | quel âge as-tu? |
| | huge | énorme |
| | humid | humide |
| (one) | hundred | cent |
| | hunger | la faim |
| I am | hungry | j'ai faim |
| to be | hungry | avoir faim |
| | hunting | la chasse |
| to | hurry | se dépêcher |
| | hurt | mal |
| to | hurt | faire/avoir mal |
| | husband | un mari |
| | hypermarket | une grande surface |

■ = masculine noun   ■ = feminine noun   ■ = verb   ■ = adjective

# Ii

| | | |
|---|---|---|
| | **I** | je/j' |
| | **I am** | je suis |
| | **I am 11 years old** | j'ai 11 ans |
| | **ice cream** | une glace |
| | **ice-cream scoop** | une boule |
| | **ice hockey** | le hockey sur glace |
| | **ice rink** | une patinoire |
| | **ice-skates** | les patins à glace |
| to go | **ice skating** | faire du patin à glace, faire du patinage |
| | **ice-skating rink** | une patinoire |
| | **icon** | une icône |
| | **ICT** | l'informatique |
| | **idea** | une idée |
| | **ideal** | idéal |
| to | **identify** | identifier |
| | **identity card** | une carte d'identité |
| | **I don't care** | ça m'est égal |
| | **if** | si |
| | **if not** | sinon |
| | **ill** | malade |
| | **illness** | une maladie |
| | **imagination** | une imagination |
| to | **imagine** | imaginer |
| | **immediately** | immédiatement, tout de suite |
| | **impact** | un impact |
| | **important** | important |
| | **impressed** | impressionné |
| | **imprisoned** | emprisonné |
| to | **improve** | améliorer |
| | **in** | dans, en |
| | **in addition** | en plus |
| | **in agreement** | d'accord |
| | **in all** | en tout |
| | **inbox** | une boîte de réception |
| | **in charge of** | responsable de |
| | **incredible** | incroyable |
| | **India** | l'Inde |
| | **Indian** | indien/indienne |
| to | **indicate** | indiquer |
| | **indispensable** | indispensable |
| | **industrial** | industriel/industrielle |
| | **industry** | une industrie |

■ = masculine noun   ■ = feminine noun   ■ = verb   ■ = adjective   139

A
B
C
D
E
F
G
H
I
J
K
L
M
N
O
P
Q
R
S
T
U
V
W
X
Y
Z

| | | |
|---|---|---|
| | in fact | en fait |
| | information | les informations, les renseignements |
| | in France | en France |
| | in front of | devant, en face de |
| | ingredient | un ingrédient |
| | inhabitant | un habitant/une habitante |
| | initiation | une initiation |
| | injection | une piqûre |
| | injury | une blessure |
| | in my bedroom | dans ma chambre |
| | in my opinion | à mon avis |
| | in particular | en particulier |
| | in principle | en principe |
| | insect | un insecte |
| | inspector | un inspecteur/une inspectrice |
| | instruction | une instruction |
| | instructions for use | le mode d'emploi |
| | instructor | un moniteur/une monitrice |
| | instrument | un instrument, un appareil |
| | intelligent | intelligent |
| | intention | une intention |
| | interdiction | une interdiction |
| to be | interested in | s'intéresser à |
| | interesting | intéressant |
| | international | international |
| the | Internet | l'Internet |
| | Internet café | un cybercafé |
| | interview | une interview |
| | interviewer | un interviewer/une interviewer |
| | invent | inventer |
| | invitation | une invitation |
| to | invite | inviter |
| | Ireland | l'Irlande |
| | Irish | irlandais |
| | ironing | le repassage |
| to | irritate | énerver |
| | irritating, annoying | pénible, gênant |
| | is | est |
| | island | une île |
| | isn't it? | n'est-ce pas? |
| | is there … ? | est-ce qu'il y a … ? |
| | IT | l'informatique |
| | it | il/elle/ce |
| | Italian | italien/italienne |
| | Italy | l'Italie |

■ = masculine noun  ■ = feminine noun  ■ = verb  ■ = adjective

| | |
|---|---|
| **it comes to** | ça fait |
| **it depends** | ça dépend |
| **it is, it's, this is** | c'est |
| **it is cold** | il fait froid |
| **it is four o'clock** | il est quatre heures |
| **it is hot** | il fait chaud |
| **it is my turn** | c'est à moi |
| **it is necessary to** | il faut |
| **it is not bad** | ce n'est pas mal |
| **it is raining** | il pleut |
| **it is snowing** | il neige |
| **it is sunny** | il y a du soleil |
| **it makes you laugh** | ça fait rire |
| **it was** | c'était |

# Jj

| | | |
|---|---|---|
| | **jacket** | un blouson, une veste |
| | **jam** | la confiture |
| | **January** | janvier |
| | **Japanese** | japonais |
| | **jar** | un pot |
| | **jazz** | le jazz |
| | **jealous** | jaloux/jalouse |
| (pair of) | **jeans** | un jean |
| | **jelly** | une gelée |
| | **jellyfish** | une méduse |
| | **jewel** | un bijou |
| | **Jew** | un Juif/une Juive |
| | **Jewish** | juif/juive |
| | **job** | un métier, un travail |
| to | **jog** | faire du jogging |
| | **jogging** | le jogging |
| to | **join** | lier |
| | **joiner** | un menuisier |
| | **joke** | une blague |
| | **journalist** | un journaliste/une journaliste |
| | **journey** | un voyage |
| | **journey (short)** | un trajet |
| | **judo** | le judo |
| | **juice (orange)** | un jus (d'orange) |
| | **July** | juillet |
| to | **jump** | sauter |
| | **jumper** | un pull |
| | **June** | juin |
| | **just** | juste |

■ = masculine noun   ■ = feminine noun   ■ = verb   ■ = adjective

# Kk

| | | |
|---|---|---|
| | **karate** | le karaté |
| | **kayak** | un kayak |
| to | **keep** | garder |
| | **keeper** | un gardien/une gardienne |
| to | **keep fit** | garder la forme |
| | **ketchup** | le ketchup |
| | **key** | une clef/clé |
| | **keyboard** (musical or computer) | un clavier |
| | **keyring** | un porte-clés |
| | **keyword** | un mot-clé |
| to | **kill** | tuer |
| | **kilo** | un kilo |
| | **kilometre** | un kilomètre |
| | **kind** | gentil/gentille |
| a | **kind, sort** | une sorte |
| | **king** | un roi |
| | **kiss** | une bise |
| to | **kiss** | baiser |
| | **kitchen** | une cuisine |
| | **knee** | un genou |
| | **knife** | un couteau |
| to | **knock** | frapper |
| I don't | **know** | je ne sais pas |
| to | **know** | savoir |
| to | **know (a person)** | connaître |
| (well) | **known** | (bien) connu |
| | **koala** | un koala |

# LI

| | | |
|---|---|---|
| | **lab(oratory)** | un labo(ratoire) |
| | **label** | une étiquette |
| | **lady** | une dame |
| | **lagoon** | une lagune |
| | **lake** | un lac |
| | **lamb** | un agneau |
| | **lamp** | une lampe |
| | **land** | une terre, un territoire |
| | **landscape** | un paysage |
| | **language** | une langue |
| modern | **language** | une langue vivante |
| | **laptop (computer)** | un ordinateur portable |
| | **laser show** | un spectacle laser |
| | **last** | dernier |
| to | **last** | durer |
| | **late** | en retard, tard |
| | **later** | plus tard |
| | **law** | une loi |
| | **layer** | une couche |
| to | **lay the table** | mettre la table |
| | **lazy** | paresseux/paresseuse |
| to | **lead** | mener |
| | **leaflet** | un dépliant, une brochure |
| to | **learn** | apprendre |
| to | **leave** | quitter, laisser |
| to | **leave (go out)** | sortir, partir |
| to | **leave again** | repartir |
| | **left** | la gauche |
| (on the) | **left** | (à) gauche |
| | **leg** | une jambe |
| | **leisure activities** | les loisirs |
| | **leisure centre** | un centre de loisirs |
| | **lemon** | un citron |
| | **lemonade** | la limonade |
| to | **lend** | prêter |
| | **length** | une longueur |
| | **leopard** | un léopard |
| | **less (than)** | moins (de/que) |
| | **less, minus, to (with time)** | moins |
| | **lesson** | un cours, une leçon |
| to | **let** | laisser |
| | **letter (of complaint)** | une lettre (de réclamation) |

■ = masculine noun  ■ = feminine noun  ■ = verb  ■ = adjective

| | | |
|---|---|---|
| | lettuce | une salade |
| | level | un niveau |
| | lever | un levier |
| | library | une bibliothèque |
| | lid | un couvercle |
| to have a | lie-in | faire la grasse matinée |
| | life | une vie |
| | life expectancy | une espérance de vie |
| to | lift | lever |
| | light | léger |
| to | light | allumer |
| | light (coloured) | clair |
| | like (as) | comme |
| I | like | j'aime |
| I don't | like | je n'aime pas |
| I quite | like | j'aime bien |
| I would | like | je voudrais, j'aimerais |
| to | like, love | aimer |
| | link | un lien |
| | lion | un lion/une lionne |
| | lip | une lèvre |
| | list | une liste |
| to | listen | écouter |
| to | listen to music | écouter de la musique |
| | litre | un litre |
| | little | petit |
| a | little | un peu |
| to | live | habiter, vivre |
| I | live in | j'habite à … |
| | living room | une salle de séjour, un salon |
| | lizard | un lézard |
| to | load | charger, s'afficher (*computer*) |
| | loaded | chargé |
| | loads of | plein de |
| | local | régional |
| | loft | un grenier |
| | logical | logique |
| to | log off | sortir |
| | logo | un logo |
| to | log on | entrer |
| | London | Londres |
| | lonely | solitaire |
| | long | long/longue |
| no | longer … | ne … plus |
| a | long time | longtemps |

| | | |
|---|---|---|
| to | **look after (children)** | garder (les enfants) |
| to | **look at** | regarder |
| to | **look for** | chercher |
| to | **look like** | ressembler à |
| to | **look similar** | se ressembler |
| | **lorry** | un camion |
| | **lorry driver** | un camionneur |
| to | **lose** | perdre |
| | **lost property office** | le bureau des objets trouvés |
| | **lots of** | beaucoup de/d' |
| | **lottery** | une loterie |
| | **loud** | fort |
| | **love** | l' amour |
| in | **love** | amoureux/amoureuse |
| to | **love** | aimer, adorer |
| | **love film** | un film d'amour |
| | **love story** | une histoire d'amour |
| | **low** | bas |
| to | **lower** | baisser |
| | **luck** | une chance |
| bad | **luck** | le malheur |
| good | **luck!** | bonne chance! |
| to be | **lucky** | avoir de la chance |
| | **luggage** | les bagages |
| | **lunch** | un déjeuner |
| to have | **lunch** | déjeuner |
| | **lunch break** | une pause-déjeuner, l'heure du déjeuner |
| | **lung** | un poumon |
| | **Luxemburg** | le Luxembourg |
| | **luxurious** | luxueux/luxueuse |

■ = masculine noun  ■ = feminine noun  ■ = verb  ■ = adjective

# Mm

| | | |
|---|---|---|
| | **mad, stupid, crazy** | fou/folle |
| | **magazine** | un magazine, une revue |
| | **magic** | la magie |
| | **main** | principal |
| | **main course** | le plat principal |
| | **major** | majeur |
| to | **make** | faire, fabriquer |
| to | **make a mistake** | se tromper |
| to | **make fun of** | se moquer de |
| to | **make happy** | rendre heureux |
| to | **make models, do DIY** | faire du bricolage |
| to | **make up** | composer |
| | **male** | un mâle |
| | **mammal** | un mammifère |
| | **man** | un homme |
| how | **many** | combien (de) |
| | **map** | une carte |
| | **March** | mars |
| to | **mark** | marquer |
| | **market** | un marché |
| in the | **market place** | au/sur le marché |
| | **marmalade** | la marmelade |
| | **maroon** | bordeaux |
| | **marriage** | un mariage |
| | **married** | marié |
| to get | **married to** | épouser |
| to | **marry** | marier |
| | **Martinique** | la Martinique |
| | **marvellous** | merveilleux/merveilleuse |
| | **mascara** | le mascara |
| | **masculine** | masculin |
| | **mask** | un masque |
| | **match** | une allumette |
| | **match (sport)** | un match |
| | **maths** | les maths, mathématiques |
| it doesn't | **matter** | ce n'est pas grave |
| | **mattress** | un matelas |
| | **Mauritius** | l'île Maurice |
| | **maximum** | maximal |
| | **May** | mai |
| | **maybe** | peut-être |
| | **mayor** | un maire |

---

■ = masculine noun   ■ = feminine noun   ■ = verb   ■ = adjective

A B C D E F G H I J K L **M** N O P Q R S T U V W X Y Z

| | | |
|---|---|---|
| | mayoress | une femme du maire |
| | me | moi |
| | meal | un repas |
| | means of transport | un moyen de transport |
| to | measure | mesurer |
| | meat | la viande |
| | mechanic | un mécanicien/une mécanicienne |
| | medicine | un médicament/les médicaments |
| | Mediterranean | méditerranéen/méditerranéenne |
| | medium-height | de taille moyenne |
| | medium-length | mi-long |
| | medium-long | mi-long |
| to | meet | (se) rencontrer, se retrouver |
| | member | un membre |
| | me neither | moi non plus |
| to | mention | mentionner |
| | menu | un menu, une carte |
| | message | un message |
| | metal | un métal |
| | me too | moi aussi |
| | metre | un mètre |
| | microscope | un microscope |
| | microwave oven | un four à micro-ondes |
| | midday | midi |
| | midnight | minuit |
| | mild (climate) | doux/ douce |
| | milk | le lait |
| to | milk | traire |
| | million | un million |
| | minced beef | le bœuf haché |
| I don't | mind | ça m'est égal |
| | mineral water | l'eau minérale |
| | minister (political) | un ministre |
| | minute | une minute |
| | mirror | une glace |
| | Miss | Mademoiselle |
| to | miss (a turn) | sauter |
| to | miss (fail) | rater |
| to be | missing | manquer |
| | mistake | une erreur |
| to | mix | mélanger |
| | mobile phone | un (téléphone) portable |
| | model | un modèle |
| | modern | moderne |
| | modest | modeste |

= masculine noun  = feminine noun  = verb  = adjective

| | | |
|---|---|---|
| | moment | un moment |
| at the | moment | en ce moment |
| | Monday | lundi |
| on | Monday(s) | le lundi |
| (pocket) | money | l'argent (de poche) |
| | monitor | un moniteur |
| | monkey | un singe |
| | month | un mois |
| | monument | un monument |
| | moon | la lune |
| | more | plus |
| some | more | encore du/de la |
| | more and more | de plus en plus |
| | more than | plus de |
| | morning | un matin, une matinée |
| this | morning | ce matin |
| | Morocco | le Maroc |
| | mosque | une mosquée |
| the | most | le plus |
| | mostly | surtout |
| | most of | la plupart de |
| | mother | une mère |
| | motorbike | une moto |
| | motor scooter | une mobylette |
| | motorway | une autoroute |
| | mountain | une montagne |
| | mountain bike | un vélo tout-terrain (VTT) |
| to go | mountain biking | faire du VTT |
| in the | mountains | à la montagne |
| | mouse | une souris |
| | mouth | une bouche |
| to | move | bouger |
| to | move house | déménager |
| | Mr | Monsieur, M. |
| | Mrs | Madame, Mme |
| | much, a lot of | beaucoup de/d' |
| | mud | la boue |
| | multimillionaire | un milliardaire/une milliardaire |
| | mum | maman |
| | murder | un meurtre |
| | muscle | un muscle |
| | museum | un musée |
| | mushroom | un champignon |
| | music | la musique |
| | musician | un musicien/une musicienne |

■ = masculine noun    ■ = feminine noun    ■ = verb    ■ = adjective

| | | |
|---|---|---|
| | **Muslim** | un Musulman/une Musulmane |
| | **mussel** | une moule |
| | **must** | devoir |
| I | **must** | je dois |
| you | **must** | tu dois, il faut |
| | **mustard** | la moutarde |
| | **my** | mon/ma/mes |
| | **mysterious** | mystérieux/mystérieuse |
| | **mystery** | un mystère |
| it's | **my turn** | c'est à moi |

■ = masculine noun  ■ = feminine noun  ■ = verb  ■ = adjective

# Nn

|  |  |
|---|---|
| nail (finger) | un ongle |
| nail (metal) | un clou |
| (first) name | un prénom |
| (sur) name | un nom |
| what's your name? | comment t'appelles-tu? |
| my name is | je m'appelle |
| your name is | tu t'appelles |
| narrow | étroit |
| national | national |
| national holiday | une fête nationale |
| nationality | une nationalité |
| natural | naturel/naturelle |
| nature | la nature |
| nautical | nautique |
| navy | marine |
| near | proche, près, à côté de |
| nearby | près de |
| nearly | presque |
| nearly as much | presqu'autant |
| near to | près du/de la/de l'/des |
| necessary | nécessaire |
| it's necessary | il faut |
| neck | un cou |
| I need | j'ai besoin de, il me faut |
| to need | avoir besoin de |
| negative | négatif/négative |
| neighbour | un voisin/une voisine |
| neighbourhood | un quartier |
| neither | non plus |
| neither … nor … | ni … ni … |
| nest | un nid |
| the Netherlands | les Pays-Bas |
| network | un réseau |
| never … | ne … jamais |
| nevertheless | quand même |
| new | nouveau/nouvelle |
| news | les actualités |
| newsagent's | un kiosque |
| newspaper | un journal |
| New Year | le Nouvel An |
| New Year's Eve | la Saint-Sylvestre |
| New Year's resolution | une bonne résolution de nouvelle année |

| | | |
|---|---|---|
| | **New Zealand** | la Nouvelle-Zélande |
| | **next** | prochain, suivant |
| | **next!** | au suivant! |
| | **next day** | le lendemain |
| | **next to** | à côté du/de la/de l'/des |
| | **next weekend** | le week-end prochain |
| | **nice** | chouette, aimable, beau/belle, sympa |
| | **night** | une nuit |
| | **nine** | neuf |
| | **nineteen** | dix-neuf |
| | **ninety** | quatre-vingt-dix |
| | **no** | non |
| | **no (not any)** | pas de |
| | **nobody** | personne |
| | **nocturnal** | nocturne |
| | **no good** | nul/nulle |
| | **noise** | un bruit |
| | **noisy** | bruyant |
| | **no more** | ne … plus |
| | **non-refundable** | non remboursé |
| | **no one** | personne (ne …) |
| | **no problem** | pas de problème |
| | **normal** | normal |
| | **normally** | normalement, d'habitude |
| | **Normandy** | la Normandie |
| | **north** | le nord |
| | **Northern Ireland** | l'Irlande du Nord |
| | **nose** | un nez |
| | **not (a), not (any)** | ne … pas (de) |
| | **not at all** | pas du tout |
| | **not bad** | pas mal |
| | **note** | noter |
| | **nothing** | ne … rien |
| | **nothing at all** | rien du tout |
| | **nothing original** | rien d'original |
| | **nothing to do** | rien à faire |
| to | **notice** | remarquer |
| | **not much** | peu de, pas grand-chose |
| | **noun** | un nom |
| | **November** | novembre |
| | **now** | maintenant |
| to be a | **nuisance** | être pénible |
| | **number** | un nombre, un numéro |
| | **numerous** | nombreux/nombreuse |
| | **nurse** | un infirmier/une infirmière |

■ = masculine noun  ■ = feminine noun  ■ = verb  ■ = adjective

# Oo

| | | |
|---|---|---|
| | **OAP** | un retraité/une retraitée |
| | **object** | un objet |
| | **obliged** | forcé |
| to | **obtain** | obtenir |
| | **obvious** | évident |
| | **occupied** | occupé |
| | **ocean** | un océan |
| | **October** | octobre |
| | **octopus** | une pieuvre |
| | **odd one out** | un intrus |
| | **of** | de/d' |
| | **of course** | bien sûr, bien entendu |
| | **offended** | vexé |
| to | **offer** | offrir |
| | **office** | un bureau |
| | **official** | officiel/officielle |
| | **often** | souvent |
| | **of the** | du/de la/de l'/des |
| | **oil** | l'huile |
| | **OK** | d'accord |
| I'm | **OK** | ça va |
| it's | **OK** | ça va |
| | **old** | vieux/vieille, ancien/ancienne |
| | **old age** | la vieillesse |
| how | **old are you?** | quel âge as-tu? |
| in the | **olden days** | autrefois |
| | **old-fashioned** | démodé |
| | **olive** | une olive |
| | **Olympic** | olympique |
| | **omelette** | une omelette |
| | **on/on to** | sur |
| | **on average** | en moyenne |
| | **once (a week)** | une fois (par semaine) |
| | **once again** | encore une fois |
| | **one** | un/une |
| | **one (you, people)** | on |
| | **on foot** | à pied |
| | **on holiday** | en vacances |
| | **onion** | un oignon |
| | **online** | en ligne |
| | **only** | seul, ne … que, seulement, uniquement |

■ = masculine noun  ■ = feminine noun  ■ = verb  ■ = adjective

| | | |
|---|---|---|
| | only child | un fils/une fille unique |
| | on my behalf | de ma part |
| | on the telly | à la télé |
| | on the way | en route |
| | on time | à l'heure |
| | open | ouvert |
| to | open | ouvrir |
| | open your books | ouvrez vos livres |
| | opinion | une opinion |
| in my | opinion | à mon avis |
| | opposite (contrary) | le contraire |
| | opposite (position) | en face (de) |
| | optimistic | optimiste |
| | or | ou |
| | oral | oral |
| | orange | orange (*invariable*) |
| | orange juice | le jus d'orange |
| | orang-utan | un orang-outan |
| | orchestra | un orchestre |
| | order (command) | une commande |
| | order (series) | un ordre |
| to | order | commander |
| | ordinary | ordinaire |
| | organic | biologique |
| | organisation | une organisation |
| to | organise | organiser |
| | original | original |
| | other | autre |
| | ouch! | aïe! |
| | our | notre/nos |
| an | outdoor centre | un centre aéré |
| | oval(-shaped) | en ovale |
| | oven | un four |
| it's | overcast | il fait gris |
| | overhead projector | un rétroprojecteur |
| | owl | un hibou |
| | own | propre |
| | owner | un patron/une patronne, un propriétaire/une propriétaire |
| | oxygen | l'oxygène |
| | ozone | l'ozone |

■ = masculine noun  ■ = feminine noun  ■ = verb  ■ = adjective

# Pp

| | | |
|---|---|---|
| | packet | un paquet |
| | page | une page |
| | paid | payé |
| a | pain in the neck | un casse-pieds |
| to | paint | peindre |
| | painting | une peinture |
| | pair | une paire |
| | pair of scissors | une paire de ciseaux |
| | pal | un copain/une copine |
| | pancake | une crêpe |
| piece of | paper | un papier |
| | paper boy/girl | un distributeur/une distributrice de journaux |
| | parachute | un parachute |
| | parachuting | le parachutisme |
| | paradise | un paradis |
| | pardon | pardon, comment |
| | parent | un parent |
| | park | un parc, un jardin public |
| | parking | un parking |
| | parliament | un parlement |
| | parrot | un perroquet |
| | part | une partie |
| | participant | un participant/une partcipante |
| to | participate | participer |
| | particle | une particule |
| | partner | un partenaire/une partenaire |
| | party | une surprise-partie, une boum, la fête |
| to | pass | passer |
| | passenger | un passager/une passagère |
| | passer-by | un passant/une passante |
| | Passover | la Pâque juive |
| | passport | un passeport |
| | password | un mot de passe |
| | past | le passé |
| | pasta | les pâtes |
| | pastimes | les loisirs |
| | pasture | un pré |
| | pâté | un pâté |
| | path | un sentier |
| | patient | un patient/une patiente |
| to | pay | payer |

■ = masculine noun   ■ = feminine noun   ■ = verb   ■ = adjective

155

| | | |
|---|---|---|
| to | **pay attention** | faire attention |
| | **pavement** | un trottoir |
| | **PE** | l'éducation physique, l'EPS, le sport |
| | **pea** | un petit pois |
| | **peaceful** | calme, tranquille |
| | **peach** | une pêche |
| | **peanuts** | les cacahuètes |
| | **pear** | une poire |
| | **peas** | les petits pois |
| to | **peel (vegetables)** | peler, éplucher |
| | **pen** | un stylo |
| | **pencil** | un crayon |
| | **pencil case** | une trousse |
| | **pencil sharpener** | un taille-crayon |
| | **penfriend, penpal** | un correspondant/ une correspondante |
| | **people** | les gens |
| | **pepper (spice)** | le poivre |
| | **pepper (vegetable)** | un piment |
| | **percussion** | une percussion |
| | **perfect** | parfait |
| | **perfume** | un parfum |
| | **perhaps** | peut-être |
| | **person** | une personne |
| | **personal** | personnel/personnelle |
| | **pessimistic** | pessimiste |
| | **pesticide** | un pesticide |
| | **pet** | un animal |
| | **petrol** | l'essence |
| | **petrol station** | la station-service |
| | **pharmacist** | un pharmacien/une pharmacienne |
| | **pharmacy** | une pharmacie |
| | **phone** | un téléphone |
| to | **phone (someone)** | téléphoner (à) |
| | **phone call** | un coup de téléphone |
| | **photo** | une photo |
| to | **photocopy** | photocopier |
| | **photograph** | une photo |
| to | **photograph** | photographier |
| | **photography** | la photographie |
| | **physics** | la physique |
| | **piano** | un piano |
| to | **pick up** | ramasser |
| | **pick up, collection** | un ramassage |
| | **picnic** | un pique-nique |

■ = masculine noun   ■ = feminine noun   ■ = verb   ■ = adjective

| | | |
|---|---|---|
| to go for a | **picnic** | faire un pique-nique |
| | **picture** | une image, une illustration |
| | **picturesque** | pittoresque |
| | **pie** | une tarte |
| | **piece (lump)** | un morceau, une portion |
| | **piercing** | un piercing |
| | **pig** | un cochon |
| | **pill** | un comprimé, une pilule |
| | **pilot** | un pilote |
| to | **pilot** | piloter |
| | **pineapple** | un ananas |
| | **pink** | rose |
| | **piranha** | un piranha |
| | **pitch (sport)** | un terrain (de sport) |
| | **pizza** | une pizza |
| | **place (instead of)** | au lieu de |
| | **place (spot)** | un endroit, un lieu |
| to | **place** | placer |
| | **plan** | un plan, un projet |
| | **plane** | un avion |
| | **planet** | une planète |
| | **plant** | une plante |
| to | **plant** | planter |
| | **plaster** | un sparadrap |
| | **plastic** | en plastique |
| | **plate** | une assiette |
| | **plausible** | plausible |
| I | **play** | je joue |
| I don't | **play** | je ne joue pas |
| to | **play** | jouer à, jouer de |
| to | **play badminton** | jouer au badminton |
| to | **play cards** | jouer aux cartes |
| to | **play football** | jouer au foot |
| | **playground** | une cour |
| to | **play pinball** | jouer au flipper |
| to | **play some music** | jouer de la musique |
| to | **play table football** | jouer au baby-foot |
| to | **play tennis** | jouer au tennis |
| to | **play the drums** | jouer de la batterie |
| to | **play the electric guitar** | jouer de la guitare électrique |
| to | **play the keyboard** | jouer du clavier |
| to | **play the piano** | jouer du piano |
| to | **play the trumpet** | jouer de la trompette |
| | **please** | s'il te plaît, s'il vous plaît |
| | **pleased** | content |

■ = masculine noun   ■ = feminine noun   ■ = verb   ■ = adjective

| | | |
|---|---|---|
| | please pass me ... | passe-moi ... s'il te plaît |
| | pleasure | un plaisir |
| | plot (of book) | une intrigue |
| | plural | le pluriel |
| | pocket | une poche |
| | pocket money | l'argent de poche |
| | poem | un poème |
| | poisonous | venimeux/venimeuse |
| | Pole (North/South) | le pôle |
| | police | la police |
| | policeman | un agent de police, un policier |
| | police series | une série policière |
| | police station | un commissariat |
| | police woman | une femme agent de police, une femme policier |
| | polite | poli |
| | politics | la politique |
| to | pollute | polluer |
| | polluted | pollué |
| | pollution | la pollution |
| | polo neck | un col roulé |
| | polo shirt | un polo, un T-shirt |
| | poncho | un poncho |
| | pony | un poney |
| | poor | pauvre |
| | pop/rock music | la musique pop/rock |
| | pope | le pape |
| | popular | populaire |
| | population | une population |
| | pork | le porc |
| | pork butcher's | une charcuterie |
| | port | un port |
| | portable | portable |
| | portable CD-player | une mini-chaîne portable |
| | Portugal | le Portugal |
| | Portuguese | portugais |
| | positive | positif/positive |
| | possibility | une possibilité |
| | post | le courrier |
| to | post | poster |
| | postage stamp | un timbre |
| | postcard | une carte postale |
| | poster | un poster |
| | postman/woman | un facteur/une factrice |
| | post office | une poste |

= masculine noun = feminine noun = verb = adjective

| | | |
|---|---|---|
| | pot | un pot |
| | potato | une pomme de terre |
| | pound (sterling) | une livre (sterling) |
| to | pour | verser |
| | powerful | performant, puissant |
| | practical | pratique |
| to | practise | s'entraîner, pratiquer |
| I | prefer | je préfère |
| to | prefer | préférer |
| | prehistoric | préhistorique |
| | preparations | les préparatifs |
| to | prepare (dinner) | préparer (le dîner) |
| | prescription | une ordonnance |
| | present | un cadeau |
| to | present | présenter |
| | presentation | une présentation |
| | presenter | un animateur/une animatrice |
| | president | un président |
| to | press | appuyer |
| | pretty | joli, belle |
| | previously | auparavant |
| | price | un prix |
| | price list | un tarif |
| | primary school | une école primaire |
| | primary school teacher | un instituteur/une institutrice |
| to | print | imprimer |
| | printer | une imprimante |
| | prison | une prison |
| | private | privé |
| | problem | un problème |
| to | produce | produire |
| | product | un produit |
| | production | une réalisation |
| | professional | professionnel/professionnelle |
| | programme | une émission |
| | progress | un progrès |
| to | pronounce | prononcer |
| to | protect | protéger |
| | protein | une protéine |
| | proud | fier/fière |
| | PSHE | l'éducation civique |
| | public | un public |
| | pudding | un dessert |
| to | pull | tirer |
| | pullover | un pull(-over) |

A B C D E F G H I J K L M N O **P** Q R S T U V W X Y Z

■ = masculine noun   ■ = feminine noun   ■ = verb   ■ = adjective          159

A
B
C
D
E
F
G
H
I
J
K
L
M
N
O
**P**
**Q**
R
S
T
U
V
W
X
Y
Z

| | | |
|---|---|---|
| | pulse | un légume sec |
| to | punish | punir |
| | pupil | un élève/une élève |
| | purchase | un achat |
| | pure | pur |
| | purple | violet/violette |
| | purse | un porte-monnaie |
| to | push | pousser |
| to | push back | repousser |
| to | put | mettre, poser |
| to | put away, clear up | ranger |
| to | put back | remettre |
| to | put on make-up | se maquiller |
| to | put up a tent | dresser une tente |
| to | put up with | supporter |
| | pyjamas | un pyjama |

# Qq

| | |
|---|---|
| qualification | un diplôme |
| quarter | un quart |
| quarter past ... | ... et quart |
| quarter to ... | ... moins le quart |
| queen | une reine |
| question | une question |
| queue | la queue |
| quickly | vite |
| quiet | calme, tranquille |
| quite | assez |
| quiz | un jeu de mots |

= masculine noun   = feminine noun   = verb   = adjective

# Rr

| | | |
|---|---|---|
| | **rabbit** | un lapin |
| | **race** | une course |
| | **racism** | le racisme |
| | **racket (tennis)** | une raquette |
| | **radiator** | un radiateur |
| | **radio** | une radio |
| | **railway** | un chemin de fer |
| | **rain** | la pluie |
| it will | **rain** | il pleuvra |
| to | **rain** | pleuvoir |
| | **raincoat** | un imperméable |
| it's | **raining** | il pleut |
| access | **ramp** | une rampe d'accès |
| | **rap music** | le rap |
| | **rare** | rare |
| | **raspberry** | une framboise |
| | **rat** | un rat |
| | **ray** | un rayon |
| | **RE** | la religion |
| to | **read** | lire |
| | **reading** | une lecture |
| | **ready** | prêt |
| to get | **ready** | se préparer |
| to | **realise** | se rendre compte |
| | **realistic** | réaliste |
| | **really** | vraiment |
| to | **reappear** | réapparaître |
| | **reason** | une raison |
| | **receipt** | le reçu |
| to | **receive** | recevoir |
| | **recent** | récent |
| | **recently** | récemment |
| | **reception** | une réception |
| | **recipe** | une recette |
| to | **recommend** | recommander |
| | **recommended** | conseillé |
| | **record** | un disque |
| | **record (feat)** | un record |
| to | **record** | enregistrer, noter |
| | **recording** | un enregistrement |
| to | **recycle** | recycler |
| | **recycling** | le recyclage |

A B C D E F G H I J K L M N O P Q **R** S T U V W X Y Z

■ = masculine noun ■ = feminine noun ■ = verb ■ = adjective 161

| | | |
|---|---|---|
| | **red** | rouge |
| | **red hair** | les cheveux roux |
| to | **reduce** | réduire |
| | **reduction** | une réduction |
| to | **refuse** | refuser |
| | **region** | une région |
| to | **regret** | regretter |
| | **regularly** | régulièrement |
| | **rehearsal** | une répétition |
| | **relations** | les relations |
| | **relationship** | un rapport |
| to | **relax** | se relaxer, se détendre |
| | **relaxation** | une détente |
| it's | **relaxing** | ça détend |
| | **religion** | une religion |
| to | **remain** | rester |
| | **remarkable** | remarquable |
| | **remedy** | un remède |
| | **remote control** | la télécommande |
| to | **rent** | louer |
| to | **reopen** | réouvrir |
| to | **repair** | réparer |
| to | **repeat** | répéter |
| to | **replace** | remplacer |
| to | **reply** | répondre |
| | **report** | un reportage |
| | **reptile** | un reptile |
| | **Republic of Ireland** | la République d'Irlande |
| | **research** | rechercher, une recherche |
| | **reservation** | une réservation |
| | **reserve (animals)** | une réserve |
| | **resident** | un habitant/une habitante |
| to | **resist** | résister à |
| to | **respect** | respecter |
| | **responsible** | sérieux/sérieuse |
| | **rest (remains)** | le reste |
| to | **rest** | se reposer |
| | **restaurant** | un restaurant |
| | **result** | un résultat |
| | **return** | un retour |
| | **return (ticket)** | un aller-retour |
| to | **return** | rentrer, retourner |
| to | **reuse** | réutiliser |
| | **review** | une critique |
| to | **revise** | réviser |
| | **revolution** | une révolution |

■ = masculine noun  ■ = feminine noun  ■ = verb  ■ = adjective

| | | |
|---|---|---|
| | **rice** | le riz |
| | **rich** | riche |
| | **riddle** | une devinette |
| | **right** | correct, bon/bonne |
| the | **right** | la droite |
| to be | **right** | avoir raison |
| to the | **right** | à droite |
| | **right order (in the)** | dans le bon ordre |
| | **right to vote** | le droit de vote |
| to | **ring** | sonner |
| to | **risk** | risquer |
| | **river** | une rivière |
| | **road** | une rue |
| | **road safety** | une sécurité routière |
| | **rock** | un rocher |
| | **rocket** | une fusée |
| | **role** | un rôle |
| | **roller blades** | les patins, les rollers en ligne |
| to go | **roller-blading** | faire du roller en ligne |
| | **roller skates** | les rollers, les patins à roulettes |
| to go | **roller-skating** | faire du roller |
| | **romantic** | romantique |
| | **roof** | un toit |
| | **room** | une pièce (*home*), une salle (*school*) |
| | **rope** | une corde |
| | **roughly** | à peu près |
| | **round** | rond |
| | **roundabout** | un rond-point |
| | **routine** | une routine |
| | **row (aisle)** | une rangée |
| | **rubber** | une gomme |
| | **rubbish** | les déchets |
| | **rubbish (stupid)** | nul/nulle |
| it's | **rubbish** | c'est nul |
| | **rubbish bin** | une poubelle |
| to | **rub out** | gommer |
| | **rucksack** | un sac à dos |
| | **rugby** | le rugby |
| | **ruin** | une ruine |
| | **rule** | une règle, un règlement |
| | **ruler** | une règle |
| (ski) | **run** | une piste (de ski) |
| to | **run** | courir |
| to | **run away** | s'enfuir |
| | **Russia** | la Russie |

# Ss

| | | |
|---|---|---|
| | **sad** | triste |
| | **safari** | un safari |
| | **safe** | sûr |
| | **sailboard** | une planche à voile |
| (to go) | **sailing** | faire de la voile |
| | **sailing boat** | un voilier |
| | **sailing resort** | un port de plaisance |
| | **salad** | une salade |
| | **salami** | un salami |
| | **salary** | un salaire |
| | **sales** | les soldes |
| | **sales assistant** | un vendeur/une vendeuse |
| | **salmon** | un saumon |
| | **salt** | le sel |
| | **same** | même |
| the | **same** | pareil/pareille |
| | **sand** | le sable |
| | **sandal** | une sandale |
| | **sandwich** | un sandwich, une baguette |
| | **satsuma** | une satsuma |
| | **Saturday** | samedi |
| on | **Saturdays** | le samedi |
| | **sauna** | un sauna |
| | **sausage** | un saucisson, une saucisse |
| to | **save** | économiser, sauvegarder *(on computer)* |
| to | **save money** | économiser |
| I | **saw** | j'ai vu |
| | **saxophone** | un saxophone |
| to | **say** | dire |
| | **scanner** | un scanner |
| | **scarf** | un foulard |
| | **scatty** | farfelu |
| | **school** | une école, un collège |
| primary/secondary | **school** | une école primaire/secondaire |
| to go to | **school** | aller au collège |
| | **school day** | un jour de classe |
| | **school pupil** | un collégien/un collégienne, un élève/une élève |
| | **school subject** | une matière |
| | **science** | les sciences |
| | **science-fiction film** | un film de science-fiction |

■= masculine noun  ■= feminine noun  ■= verb  ■= adjective

| | | |
|---|---|---|
| | scientist | un scientifique/une scientifique |
| | scooter | une trottinette |
| to | score a goal | marquer un but |
| | Scotland | l'Écosse |
| | Scottish | écossais |
| to | scratch | rayer |
| | screen | un écran |
| | sea | la mer |
| | seafood | les fruits de mer |
| | search engine | un moteur de recherche |
| at the | seaside | au bord de la mer |
| | seaside resort | une station balnéaire |
| | season | une saison |
| (dry) | season | une saison (sèche) |
| | second | deuxième |
| | secondary school | un collège, un CES |
| | second-hand | d'occasion |
| | secret | secret/secrète |
| | secretary | un secrétaire/une secrétaire |
| to | see | voir |
| | see you soon | à bientôt |
| | selfish | égoïste |
| to | sell | vendre |
| | semi-detached house | une maison jumelle |
| to | send | envoyer |
| | Senegal | le Sénégal |
| | Senegalese man/woman | un Sénégalais/une Sénégalaise |
| | sensitive | sensible |
| | sentence | une phrase |
| | separated | séparé |
| | September | septembre |
| | series | une série |
| | serious | sérieux/sérieuse, grave |
| to | serve | servir |
| | service | un service |
| to | set off | partir |
| | settee | un canapé |
| | seven | sept |
| | seventeen | dix-sept |
| | seventy | soixante-dix |
| | seventy-five | soixante-quinze |
| | several | plusieurs |
| | shampoo | un shampooing |
| | shape | une forme |
| to | share | partager |

A
B
C
D
E
F
G
H
I
J
K
L
M
N
O
P
Q
R
**S**
T
U
V
W
X
Y
Z

■ = masculine noun   ■ = feminine noun   ■ = verb   ■ = adjective          165

| | | |
|---|---|---|
| to | **shave** | se raser |
| | **she** | elle |
| | **sheep** | un mouton |
| | **shelf** | une étagère |
| to | **shine** | briller |
| | **shirt** | une chemise |
| | **shocked** | choqué |
| | **shoes** | les chaussures |
| to | **shoot** | tirer |
| | **shop** | un magasin |
| (small) | **shop** | une boutique, un magasin |
| | **shopkeeper** | un marchand/une marchande |
| | **shopping** | les courses |
| to go | **shopping** | faire les magasins, faire les courses |
| | **shopping centre** | un centre commercial |
| | **short** | court, petit, bref/brève |
| | **short hair** | les cheveux courts |
| (pair of) | **shorts** | un short |
| to | **shout** | crier |
| | **show** | un spectacle |
| to | **show** | montrer |
| | **shower** | une douche |
| to have a | **shower** | se doucher |
| to be | **shown** | passer |
| | **Shrove Tuesday** | Mardi gras |
| to | **shut** | fermer |
| to | **shut in** | enfermer |
| | **shutter** | un volet |
| | **shut your books!** | fermez vos livres! |
| | **shy** | timide |
| | **sick** | malade |
| to be | **sick** | vomir |
| to feel | **sick** | avoir mal au cœur |
| | **side** | un côté, un bord |
| | **side by side** | côte à côte |
| | **sights** | les monuments |
| | **significance** | une signification |
| | **silent** | silencieux/silencieuse |
| | **silly** | bête |
| | **silver** | l'argent |
| | **similar** | similaire, pareil/pareille |
| | **similarity** | une similarité |
| | **simple** | simple |
| | **simply** | simplement |
| | **since** | depuis |

■ = masculine noun   ■ = feminine noun   ■ = verb   ■ = adjective

A

| | | |
|---|---|---|
| | since when | depuis quand |
| to | sing | chanter |
| | singer | un chanteur/une chanteuse |
| | singular | le singulier |
| | Sir | Monsieur |
| | sister | une sœur |
| to | sit down | s'asseoir |
| | site | un site |
| | sitting room | une salle de séjour |
| to be | situated | se trouver |
| | situation | une situation |
| | six | six |
| | six o'clock | dix-huit heures |
| | sixteen | seize |
| | sixty | soixante |
| | size | une taille, une grandeur |
| | skateboard | un skate/skate-board |
| | skateboarding | le skate |
| to go | skateboarding | faire du skate |
| | skating rink | une patinoire |
| | skeleton | un squelette |
| to | ski | skier |
| | skidoo | une motoneige |
| | skier | un skieur/une skieuse |
| | skiing | le ski |
| cross-country | skiing | le ski de fond |
| downhill | skiing | le ski alpin |
| | skilful | adroit |
| | skin | la peau |
| to | skip | sauter |
| | ski resort | une station de ski |
| | skirt | une jupe |
| | sky | le ciel |
| | sleep | le sommeil |
| I | sleep | je dors |
| to | sleep | dormir |
| you | sleep | tu dors |
| | sleeping bag | un sac de couchage |
| to | sleep outdoors | coucher en plein air |
| he/she/it/one | sleeps | il/elle/on dort |
| | sleeve | une manche |
| | slice | une tranche, une portion |
| | slim | mince |
| | slowly | lentement |
| | small | petit |

B C D E F G H I J K L M N O P Q R **S** T U V W X Y Z

= masculine noun  = feminine noun  = verb  = adjective

| | | |
|---|---|---|
| | **smaller** | plus petit |
| | **smart** | chic, élégant |
| to | **smell** | sentir |
| to | **smile** | sourire |
| | **smog** | le smog |
| | **smoke** | une fumée |
| to | **smoke** | fumer |
| to have a | **snack** | prendre le goûter |
| | **snail** | un escargot |
| | **snake** | un serpent |
| | **snooker** | le billard |
| to | **snore** | ronfler |
| | **snoring** | le ronflement |
| | **snow** | la neige |
| to | **snow** | neiger |
| it will | **snow** | il neigera |
| | **snowboard(ing)** | le snowboard |
| it's | **snowing** | il neige |
| | **snowshoe** | une raquette à neige |
| | **so, well, therefore** | alors, donc |
| | **soap** | un savon |
| TV | **soap (opera)** | un feuilleton |
| | **society** | une société |
| | **socks** | les chaussettes |
| | **sofa** | un canapé, un sofa |
| | **soft** | doux/douce |
| | **software** | le logiciel |
| | **solar system** | le système solaire |
| | **soldier** | un soldat/une soldate |
| | **solution** | une solution |
| | **some** | de l'/de la/du/des |
| | **somebody/someone** | quelqu'un |
| | **something** | quelque chose |
| | **sometimes** | quelquefois, parfois |
| | **somewhere** | quelque part |
| | **so much** | tellement |
| | **son** | un fils |
| | **song** | une chanson |
| | **soon** | bientôt |
| see you | **soon** | à bientôt |
| | **sore feet** | mal aux pieds |
| | **sore throat** | mal à la gorge |
| to be | **sorry** | être désolé, regretter |
| | **sort (kind)** | une sorte |
| to | **sort out** | trier |

A B C D E F G H I J K L M N O P Q R **S** T U V W X Y Z

■ = masculine noun   ■ = feminine noun   ■ = verb   ■ = adjective

| | | |
|---|---|---|
| to | **sound like** | ressembler à |
| | **sound system** | une sono |
| | **soup** | une soupe |
| | **soup of the day** | la soupe du jour |
| | **south** | le sud |
| | **souvenir** | un souvenir |
| | **space (outer)** | l'espace |
| | **space (room)** | la place |
| | **space shuttle** | une navette spatiale |
| | **space station** | une station spatiale |
| | **spaghetti** | les spaghettis |
| | **Spain** | l'Espagne |
| | **Spanish (language/subject)** | l'espagnol |
| | **Spanish (nationality)** | espagnol |
| (in) | **Spanish** | (en) espagnol |
| | **Spaniard (man/woman)** | un Espagnol/une Espagnole |
| | **spare-time activities** | les loisirs |
| to | **speak** | parler |
| | **special** | spécial |
| | **specialist** | un spécialiste/une spécialiste |
| | **speciality** | une spécialité |
| | **species** | une espèce |
| | **speed** | une vitesse |
| to | **spell** | épeler |
| it's | **spelt** | ça s'écrit … |
| to | **spend (money)** | dépenser (de l'argent) |
| to | **spend (time)** | passer (du temps) |
| | **spice** | une épice |
| | **spider** | une araignée |
| | **spiky** | épineux/épineuse |
| | **spinach** | des épinards |
| | **spine** | une colonne vertébrale |
| | **spoon** | une cuillère |
| | **sport** | un sport |
| to do | **sport** | faire du sport |
| winter | **sport** | un sport d'hiver |
| | **sports centre** | un centre sportif |
| | **sports hall** | une salle multisports |
| | **sports ground** | un terrain de sports |
| | **sportsperson** | un sportif/une sportive |
| | **sports shop** | un magasin de sport |
| | **sports things** | les articles de sport |
| | **sporty** | sportif/sportive |
| | **spray can** | un aérosol |
| | **spring** | le printemps |

■ = masculine noun   ■ = feminine noun   ■ = verb   ■ = adjective          169

| | | |
|---|---|---|
| | square (shape) | un carré, une case |
| town | square | une place |
| | squash | le squash |
| | squirrel | un écureuil |
| | stadium | un stade |
| | staffroom | la salle des profs |
| | stage | une scène |
| | staircase | un escalier |
| | stamina | une endurance |
| | stamp | un timbre |
| to | stand up | se lever |
| | star | une étoile |
| | start | un début |
| at the | start | au début |
| to | start, to begin | commencer |
| | starter | une entrée |
| | starters | les entrées |
| to | starve to death | mourir de faim |
| | state | un état |
| | station | une gare |
| | stationer's | une papeterie |
| | stay | un séjour |
| to | stay | rester |
| to | stay at home | rester à la maison |
| I | stayed | je suis resté(e) |
| | steak | un steak, un bifteck |
| to | steal | voler |
| | steel | l'acier |
| | step | une marche, un pas |
| | stepbrother | un demi-frère |
| | stepfather | un beau-père |
| | stepmother | une belle-mère |
| | stepsister | une belle-sœur |
| | stereo system | une chaîne stéréo |
| | stereotype | un stéréotype |
| | stew | un ragoût |
| | stick | une canne |
| | sticker | un autocollant |
| | stick insect | un phasme |
| | still | toujours, encore, immobile |
| to | sting | piquer |
| to | stink | puer |
| to | stir | tourner |
| | stomach | un ventre, un estomac |
| | stomach ache | mal au ventre |

■ = masculine noun  ■ = feminine noun  ■ = verb  ■ = adjective

| | | |
|---|---|---|
| to | **stop** | arrêter |
| to | **stop (doing something)** | cesser de (faire quelque chose) |
| | **storey (floor)** | un étage |
| | **storm** | un orage |
| | **story** | une histoire |
| | **straight (hair)** | raide |
| | **straight on** | tout droit |
| | **strange** | bizarre, étrange |
| | **strawberry** | une fraise |
| | **street** | une rue |
| | **stress** | le stress |
| | **stressed** | stressé |
| to | **stretch out** | allonger, étirer |
| | **strict** | sévère, strict |
| | **strike** | une grève |
| | **striped** | rayé |
| to | **stroke** | caresser |
| | **strong** | fort |
| to | **struggle against** | lutter (contre) |
| | **student** | un étudiant/une étudiante |
| | **studies** | les études |
| to | **study** | étudier |
| | **stupid** | bête, stupide, idiot |
| | **style** | un style |
| | **subject (school)** | une matière |
| | **suburbs** | une banlieue |
| to | **succeed** | réussir |
| | **success** | un succès |
| | **suddenly** | soudain |
| | **sugar** | le sucre |
| to | **suggest** | proposer, suggérer |
| | **suggestion** | une proposition |
| | **suit** | un costume |
| | **suitcase** | une valise |
| | **summer** | l'été |
| in | **summer** | en été |
| | **summit** | un sommet |
| | **sun** | le soleil |
| to | **sunbathe** | se bronzer |
| | **sunbathing** | un bain de soleil |
| | **sun-cream** | une crème solaire |
| | **Sunday** | dimanche |
| on | **Sunday(s)** | le dimanche |
| | **sunglasses** | les lunettes de soleil |
| it's | **sunny** | il y a du soleil |

■ = masculine noun   ■ = feminine noun   ■ = verb   ■ = adjective   171

| | | |
|---|---|---|
| it will be | **sunny** | il y aura du soleil |
| | **sunset** | le coucher du soleil |
| | **sunstroke** | un coup de soleil |
| | **suntan** | un bronzage |
| to get a | **suntan** | bronzer |
| | **suntan lotion** | une crème solaire |
| | **super, great** | super |
| | **superficial** | superficiel/superficielle |
| | **supermarket** | un supermarché |
| | **superstition** | une superstition |
| | **supervised study time** | une étude |
| to | **suppose** | supposer |
| | **sure** | sûr, certain |
| | **surf** | le surf |
| to | **surf** | surfer, faire du surf |
| | **surfboard** | une planche de surf |
| | **surfing** | le surf |
| to | **surf the Internet** | surfer sur l'Internet |
| | **surprise** | une surprise |
| | **surprised** | étonné |
| | **surprising** | étonnant |
| | **survey** | un sondage |
| | **survival** | la survie |
| | **suspense** | le suspense |
| | **sweatshirt** | un sweat |
| | **Sweden** | la Suède |
| | **sweet** | sucré, doux/douce, un bonbon |
| | **sweetcorn** | le maïs |
| | **sweet course** | un dessert |
| | **sweet shop** | une confiserie |
| to | **swim** | nager, se baigner, faire de la natation |
| | **swimming** | la natation |
| | **swimming costume** | un maillot de bain |
| | **swimming pool** | une piscine |
| | **swimming teacher** | un maître nageur |
| | **Swiss** | suisse |
| to | **switch on** | allumer |
| | **Switzerland** | la Suisse |
| | **symbol** | un symbole |
| | **syrup** | un sirop |
| | **system** | un système |

■ = masculine noun   ■ = feminine noun   ■ = verb   ■ = adjective

# Tt

| |  |  |
|---|---|---|
| | **tabby (cat)** | un chat tigré |
| | **table** | une table |
| | **table football** | le baby-foot |
| | **tablet** | un comprimé, une tablette |
| | **table tennis** | le ping-pong, le tennis de table |
| | **tail** | une queue |
| to | **take** | prendre |
| to | **take (away)** | emporter, enlever |
| to | **take (journey time)** | mettre |
| to | **take account of** | prendre en compte |
| to | **take a walk** | se promener |
| to | **take care of** | soigner |
| to | **take off** | enlever |
| to | **take off (plane)** | décoller |
| to | **take part in** | participer à, prendre part à |
| to | **take place** | avoir lieu |
| to | **take someone (somewhere)** | conduire |
| to | **take the dog for a walk** | promener le chien |
| | **taking turns** | à tour de rôle |
| to | **talk** | parler |
| | **talkative** | bavard |
| | **tall** | grand |
| | **tall (building)** | haut |
| to get a | **tan** | se bronzer |
| | **tape recorder** | un magnétophone |
| | **tart** | une tarte |
| | **tartlet** | une tartelette |
| | **task** | une tâche |
| to | **taste** | goûter, déguster |
| | **taxi** | un taxi |
| by | **taxi** | en taxi |
| | **tea** | le thé |
| | **teacher** | un professeur |
| | **team** | une équipe |
| | **technician** | un technicien/une technicienne |
| | **technique** | une technique |
| | **technology** | une technologie |
| | **teddy bear** | un nounours |
| | **teenager** | un adolescent/une adolescente |
| | **teenage story** | une histoire d'adolescents |
| | **teeth** | les dents |
| to brush one's | **teeth** | se brosser les dents |

■ = masculine noun  ■ = feminine noun  ■ = verb  ■ = adjective

A
B
C
D
E
F
G
H
I
J
K
L
M
N
O
P
Q
R
S
**T**
U
V
W
X
Y
Z

| | | |
|---|---|---|
| | telephone | un téléphone |
| to | telephone | téléphoner |
| | telephone booth | une cabine téléphonique |
| | television | une télé(vision) |
| | television (set) | un téléviseur |
| to | tell | raconter |
| | telly | une télé |
| on the | telly | à la télé |
| | temperature | une température |
| a | temperature | de la fièvre |
| | temple | un temple |
| | ten | dix |
| | tennis | le tennis |
| | tennis court | un court de tennis |
| | tennis shoes | les tennis |
| | ten past ... | ... dix |
| | tent | une tente |
| | terrace | une terrasse |
| | terrain | un terrain |
| it's | terrible | c'est affreux/affreuse |
| | terrific | fantastique |
| to | test | tester |
| | text | un texte |
| | textbook | un livre |
| | text message | un texto |
| the | Thames | la Tamise |
| | than | que |
| to | thank | remercier |
| | thanks (for) | merci (de/pour) |
| | thanks to | grâce à |
| | thank you | merci |
| | that | que, ça, ce/cet/cette |
| | that is | voilà, c'est ça |
| | that's all | c'est tout |
| | that's it | ça y est |
| | that's wrong | c'est faux |
| | the | le/la/l'/les |
| | theatre | un théâtre |
| | theft | un vol |
| | their | leur(s) |
| | theme | un sujet |
| | theme park | un parc d'attractions |
| | then | puis, ensuite, alors |
| | there | là |
| over | there | là-bas |
| | there is/are | il y a, voilà |

■ = masculine noun  ■ = feminine noun  ■ = verb  ■ = adjective

| | | |
|---|---|---|
| | **there isn't/aren't any ...** | il n'y a pas ... |
| | **there isn't any more ...** | il n'y a plus de ... |
| | **there isn't much** | il n'y a pas grand chose |
| | **these** | ces |
| | **they** | ils/elles |
| | **thick** | épais/épaisse |
| | **thin** | mince |
| | **thing** | une chose |
| | **things** | les affaires |
| to | **think** | penser, réfléchir |
| | **third** | troisième |
| I am | **thirsty** | j'ai soif |
| to be | **thirsty** | avoir soif |
| | **thirteen** | treize |
| | **thirty** | trente |
| | **this** | ce/cet/cette |
| | **those** | ces |
| | **those are** | voilà |
| | **thousand** | mille |
| | **threat** | une menace |
| | **three** | trois |
| | **three o'clock** | quinze heures |
| | **throat** | une gorge |
| to | **throw (away)** | jeter |
| | **thunderstorm** | un orage |
| | **Thursday** | jeudi |
| on | **Thursday(s)** | le jeudi |
| | **ticket** | un ticket, un billet |
| to | **tidy (up)** | ranger |
| to | **tidy one's room** | ranger sa chambre |
| | **tie** | une cravate |
| | **tiger** | un tigre |
| pair of | **tights** | un collant |
| | **time (occasion)** | une fois |
| the | **time** | l'heure, le temps |
| | **timetable** | un emploi du temps, un horaire |
| from | **time to time** | de temps en temps |
| | **timid** | timide |
| | **tin** | une boîte |
| | **tired** | fatigué |
| I am | **tired** | je suis fatigué(e) |
| | **tiring** | fatigant |
| | **title** | un titre |
| | **to** | à, en |
| | **to (the)** | au/à la/à l'aux |
| | **toast** | un pain grillé |

■ = masculine noun  ■ = feminine noun  ■ = verb  ■ = adjective

175

A
B
C
D
E
F
G
H
I
J
K
L
M
N
O
P
Q
R
S
**T**
U
V
W
X
Y
Z

| | | |
|---|---|---|
| | toboggan | une luge |
| | today | aujourd'hui |
| | together | ensemble |
| the | toilets | un WC, les WC, les toilettes |
| | tolerant | tolérant |
| | tomato | une tomate |
| | tomato sauce | une sauce tomate |
| | tomorrow | demain |
| the day after | tomorrow | après-demain |
| | tongue | une langue |
| | too | aussi |
| I | took | j'ai pris |
| | too much/too many | trop de |
| | tooth | une dent |
| | toothache | mal aux dents |
| | toothbrush | une brosse à dents |
| | toothpaste | le dentifrice |
| | top | un sommet |
| | tortoise | une tortue |
| | total | un total |
| | totally | entièrement |
| to | touch | toucher |
| | tour | une tournée |
| | tour, turn | un tour |
| | tourism | le tourisme |
| | tourist | un touriste/une touriste |
| | tourist office | un office de tourisme |
| | tournament | un tournoi |
| | towards | vers |
| | towel | une serviette |
| | tower | une tour |
| | town | une ville |
| | town centre | un centre-ville |
| in the | town centre | au centre-ville |
| | town hall | un hôtel de ville, une mairie |
| | town plan | un plan de la ville |
| | town square | une place |
| | toy | un jouet |
| | tracksuit (bottoms) | un jogging |
| | trade | un métier |
| | tradition | une tradition |
| | traditional | traditionnel/traditionnelle |
| | traffic | la circulation |
| | traffic jam | un embouteillage |
| | traffic lights | les feux (tricolores) |
| | tragedy | une tragédie |

= masculine noun   = feminine noun   = verb   = adjective

| | | |
|---|---|---|
| | **train** | un train |
| by | **train** | en train |
| to | **train** | s'entraîner |
| | **trainers** | les baskets |
| | **training course** | un stage |
| | **tram** | un tramway |
| to | **translate** | traduire |
| | **transport** | le transport |
| to | **transport** | transporter |
| to | **travel** | voyager |
| | **traveller** | un voyageur/une voyageuse |
| | **treasure** | un trésor |
| | **treatment** | un traitement |
| | **tree** | un arbre |
| | **trench** | une tranchée |
| | **trendy** | branché |
| | **trip** | une excursion |
| | **trombone** | un trombone |
| | **trophy** | un trophée |
| (pair of) | **trousers** | un pantalon |
| | **truck** | un camion |
| | **true** | vrai |
| | **trumpet** | une trompette |
| to | **try** | essayer |
| | **T-shirt** | un T-shirt |
| a | **tube** | un tube |
| | **Tuesday** | mardi |
| on | **Tuesday(s)** | le mardi |
| | **Tunisia** | la Tunisie |
| | **tunnel** | un tunnel |
| | **turkey** | un dindon, une dinde |
| to | **turn** | tourner |
| | **turn left/right** | tournez à gauche/droite (*command*) |
| | **TV** | une télé |
| | **TV programme** | une émission de TV |
| | **twelve** | douze |
| | **twenty** | vingt |
| | **twenty past ...** | ... vingt |
| | **twenty to ...** | ... moins vingt |
| | **twice (a week)** | deux fois (par semaine) |
| | **twin** | un jumeau/une jumelle |
| | **twin brother** | un frère jumeau |
| | **two** | deux |
| | **typical** | typique |

■ = masculine noun  ■ = feminine noun  ■ = verb  ■ = adjective  177

# Uu

| | | |
|---|---|---|
| | ugh! | beurk! |
| | UK | le Royaume-Uni |
| | umbrella | un parapluie |
| | unbearable | insupportable |
| | unbelievable | incroyable |
| | uncle | un oncle |
| | unconvincing | peu convaincant |
| | under | sous |
| | underground | un métro |
| to | underline | souligner |
| | understand? | compris? |
| I don't | understand | je ne comprends pas |
| to | understand | comprendre |
| | understanding | compréhensif/ compréhensive |
| to | undo | défaire |
| | unemployed | au chômage |
| | unemployment | le chômage |
| | unforgettable | inoubliable |
| | unfortunately | malheureusement |
| | uniform | un uniforme |
| the | United States | les États-Unis |
| | universe | un univers |
| | university | une université |
| | unpleasant | désagréable |
| | untidy | en désordre |
| | until | jusqu'à, jusqu'en |
| | upset | vexé |
| | upstairs | en haut |
| | Urdu | l'ourdou |
| | us | nous |
| | use | un usage |
| to | use | utiliser, consommer, se servir de |
| I | used to do | je faisais |
| | useful | utile |
| | usually | d'habitude, habituellement |

■= masculine noun   ■= feminine noun   ■= verb   ■= adjective

# Vv

|  |  |  |
|---|---|---|
| to | **vacuum** | passer l'aspirateur |
|  | **vacuum cleaner** | un aspirateur |
|  | **vain** | vaniteux/vanituese |
|  | **vampire** | un vampire |
|  | **van** | une camionnette |
|  | **varied** | varié |
|  | **vase** | un vase |
|  | **veal** | le veau |
|  | **vegetable** | un légume |
|  | **vegetable garden** | un potager |
|  | **vegetarian** | végétarien/végétarienne |
|  | **vehicule** | un véhicule |
|  | **velvet** | le velours |
|  | **verb** | un verbe |
|  | **very** | très |
| I am | **very well, thank you** | ça va très bien, merci |
|  | **vet** | un vétérinaire/une vétérinaire |
|  | **video** | une vidéo |
|  | **video camera** | un caméscope |
|  | **video cassette** | une cassette vidéo |
|  | **video recorder/player** | un magnétoscope |
|  | **view** | une vue |
|  | **village** | un village |
|  | **violin** | un violon |
|  | **visit** | une visite, un séjour |
| to | **visit** | visiter, rendre visite à |
|  | **visitor** | un visiteur/une visiteuse |
|  | **vitamin** | une vitamine |
|  | **vocabulary** | le vocabulaire |
|  | **volleyball** | le volley(ball) |
| to | **vomit** | vomir |
|  | **voyage** | un voyage |

A
B
C
D
E
F
G
H
I
J
K
L
M
N
O
P
Q
R
S
T
U
**V**
W
X
Y
Z

# Ww

| | | |
|---|---|---|
| | **waffle** | une gaufre |
| | **waist** | une taille |
| to | **wait (for)** | attendre |
| | **waiter** | un serveur |
| | **waitress** | une serveuse |
| to | **wake up** | se réveiller |
| | **Wales** | le pays de Galles |
| | **walk** | une balade, une promenade, une randonnée |
| to | **walk** | marcher |
| to go for a | **walk** | faire une promenade, se promener |
| | **walkman** | un baladeur |
| to | **walk the dog** | promener le chien |
| | **wall** | un mur |
| | **wallaby** | un wallaby |
| | **wallet** | un portefeuille |
| | **walnut** | une noix |
| I | **want** | je veux |
| to | **want to** | vouloir, désirer, avoir envie de |
| | **war** | une guerre |
| | **wardrobe** | une armoire |
| | **warm** | chaud |
| to | **warn** | prévenir |
| | **warning** | une alerte |
| I | **was** | j'étais |
| to | **wash** | laver |
| to have a | **wash** | se laver |
| | **washbasin** | un lavabo |
| | **washing (clothes)** | la lessive |
| | **washing machine** | un lave-linge, une machine à laver |
| | **washing-up** | la vaisselle |
| | **washrooms** | les sanitaires |
| to | **wash up** | faire la vaisselle |
| | **watch** | une montre |
| to | **watch** | regarder |
| | **water** | l'eau |
| to | **waterski** | faire du ski nautique |
| | **wave** | une vague |
| | **way of life** | un mode de vie |
| | **we** | nous |
| | **weak** | débile |
| to | **wear** | porter |
| | **weather** | le temps, la météo |

■ = masculine noun  ■ = feminine noun  ■ = verb  ■ = adjective

| | | |
|---|---|---|
| | **weather forecast** | la météo |
| what's the | **weather like?** | quel temps fait-il? |
| the | **weather's bad** | il fait mauvais |
| the | **weather's fine** | il fait beau |
| | **website** | un site Internet, un site web |
| | **we can** | on peut |
| | **wedding** | le mariage |
| | **Wednesday** | mercredi |
| on | **Wednesday(s)** | le mercredi |
| | **week** | une semaine |
| | **weekend** | un week-end |
| to | **weigh** | peser |
| to | **welcome** | accueillir |
| the | **welfare state** | l'État-providence |
| | **well** | bien |
| | **well (water)** | un puits |
| to go | **well** | bien se passer |
| | **well, then** | alors |
| | **well-known** | célèbre, bien connu |
| | **Welsh** | gallois |
| I | **went** | je suis allé |
| | **west** | l'ouest |
| | **western (film)** | un western |
| | **West Indies** | les Antilles |
| | **West Indian man/woman** | un Antillais/une Antillaise |
| | **wet (feeble)** | mou/molle |
| | **what?** | qu'est-ce que … ?, quoi?, quel(le)? |
| | **what colour is it?** | c'est de quelle couleur? |
| | **what day is it?** | on est quel jour? |
| | **what do you think of … ?** | comment trouves-tu … ? |
| | **what is it?** | qu'est-ce que c'est? |
| | **what is it like?** | c'est comment? |
| | **what is the matter?** | qu'est-ce qu'il y a? |
| | **what is the weather like?** | quel temps fait-il? |
| | **what is your name?** | comment t'appelles-tu? |
| at | **what time?** | à quelle heure? |
| | **what time is it?** | quelle heure est-il? |
| | **wheel** | une roue |
| | **wheelchair** | un fauteuil roulant |
| | **when** | quand |
| | **when is your birthday?** | quelle est la date de ton anniversaire? |
| | **where** | où |
| | **where are … ?** | où sont … ? |
| | **where is … ?** | où est … ? |
| | **which … ?** | quel/quelle/quels/quelles … ? |

A B C D E F G H I J K L M N O P Q R S T U V **W** X Y Z

■ = masculine noun   ■ = feminine noun   ■ = verb   ■ = adjective

| | | |
|---|---|---|
| | white | blanc/blanche |
| | whiteboard | un tableau blanc |
| | white coffee | un café-crème |
| | who | qui |
| | whole | entier/entière |
| | whose (turn) is it? | c'est à qui? |
| | why? | pourquoi? |
| | wide | large |
| | width | une largeur |
| | wife | une femme |
| | wild | sauvage |
| to | win | gagner |
| | wind | un vent |
| | windmill | un moulin à vent |
| | window | une fenêtre |
| | windsurfing | faire de la planche à voile |
| it's | windy | il y a du vent, il fait du vent |
| it will be | windy | il y aura du vent |
| | wine | un vin |
| | winner | un gagnant/une gagnante |
| | winter | l'hiver |
| in | winter | en hiver |
| to | wish | vouloir |
| best | wishes | mes amitiés |
| | with | avec |
| | without | sans |
| | woman | une femme |
| | wonderful | magnifique, merveilleux/merveilleuse |
| | wood | le bois |
| | wool | la laine |
| | woolly hat | un bonnet |
| | word | un mot, une parole |
| | work | un travail |
| to | work | travailler |
| to | work (function) | marcher |
| | worksheet | une fiche de travail |
| | world | un monde |
| | worried | inquiet/inquiète |
| to | worry | s'inquiéter |
| the | worst | le pire |
| that's | worth | ça vaut |
| I | would like | je voudrais |
| | wounded | blessé |
| to | write | écrire |
| to | write to | correspondre avec |

■ = masculine noun  ■ = feminine noun  ■ = verb  ■ = adjective

# Xx

| | |
|---|---|
| **X-ray** | une radiographie |

# Yy

| | |
|---|---|
| **year** | un an, une année |
| this **year** | cette année |
| **yellow** | jaune |
| **yes** | oui |
| **yes, please** | je veux bien |
| **yesterday** | hier |
| the day before **yesterday** | avant-hier |
| **yoga** | le yoga |
| **yoghurt** | un yaourt |
| **you** | tu/t'/te/toi/vous |
| **young** | jeune |
| **young people** | les jeunes |
| **your** | ton/ta/tes/votre/vos |
| **youth club** | un club de jeunes |
| **youth hostel** | une auberge de jeunesse |
| **yuck!** | beurk! |
| **Yule log** | une bûche de Noël |
| **yum yum!** | miam miam! |

# Zz

| | |
|---|---|
| **zebra** | un zèbre |
| **zero, rubbish, useless** | nul |
| **zoo** | un zoo, un parc zoologique |
| **zoologist** | un zoologiste/une zoologiste |

A
B
C
D
E
F
G
H
I
J
K
L
M
N
O
P
Q
R
S
T
U
V
W
X
Y
Z

A
B
C
D
E
F
G
H
I
J
K
L
M
N
O
P
Q
R
S
T
U
V
W
X
Y
Z

# Appendix

| les nombres | | numbers |
|---|---|---|
| un (une) | 1 | one |
| deux | 2 | two |
| trois | 3 | three |
| quatre | 4 | four |
| cinq | 5 | five |
| six | 6 | six |
| sept | 7 | seven |
| huit | 8 | eight |
| neuf | 9 | nine |
| dix | 10 | ten |
| onze | 11 | eleven |
| douze | 12 | twelve |
| treize | 13 | thirteen |
| quatorze | 14 | fourteen |
| quinze | 15 | fifteen |
| seize | 16 | sixteen |
| dix-sept | 17 | seventeen |
| dix-huit | 18 | eighteen |
| dix-neuf | 19 | nineteen |
| vingt | 20 | twenty |
| vingt et un (une) | 21 | twenty-one |
| vingt-deux | 22 | twenty-two |
| trente | 30 | thirty |
| quarante | 40 | forty |
| cinquante | 50 | fifty |
| soixante | 60 | sixty |
| soixante-dix | 70 | seventy |
| soixante et onze | 71 | seventy-one |
| soixante-douze | 72 | seventy-two |
| quatre-vingts | 80 | eighty |
| quatre-vingt-un (une) | 81 | eighty-one |
| quatre-vingt-dix | 90 | ninety |
| quatre-vingt-onze | 91 | ninety-one |
| cent | 100 | a hundred |
| cent un (une) | 101 | a hundred and one |
| trois cents | 300 | three hundred |
| trois cent un (une) | 301 | three hundred and one |
| mille | 1000 | a thousand |
| un million | 1 000 000 | a million |

■ = masculine noun   ■ = feminine noun   ■ = verb   ■ = adjective

| les **nombres ordinaux** | **ordinal numbers** |
|---|---|
| premier (première), 1$^{er}$ | first, 1$^{st}$ |
| deuxième, 2$^e$ or 2$^{ème}$ | second, 2$^{nd}$ |
| troisième, 3$^e$ or 3$^{ème}$ | third, 3$^{rd}$ |
| quatrième | fourth |
| cinquième | fifth |
| sixième | sixth |
| septième | seventh |
| huitième | eighth |
| neuvième | ninth |
| dixième | tenth |

| les **fractions, etc.** | **fractions, etc.** |
|---|---|
| un demi | a half |
| un tiers | a third |
| deux tiers | two thirds |
| un quart | a quarter |
| un cinquième | a fifth |
| zéro virgule cinq, 0,5 | (nought) point five, 0.5 |
| trois virgule quatre, 3,4 | three point four, 3.4 |
| dix pour cent | ten per cent |
| cent pour cent | a hundred per cent |

| les **jours** | **days of the week** |
|---|---|
| lundi | Monday |
| mardi | Tuesday |
| mercredi | Wednesday |
| jeudi | Thursday |
| vendredi | Friday |
| samedi | Saturday |
| dimanche | Sunday |
| Quel jour sommes-nous? | What day is it? |

| les **mois** | **months of the year** |
|---|---|
| janvier | January |
| février | February |
| mars | March |
| avril | April |
| mai | May |
| juin | June |
| juillet | July |
| août | August |
| septembre | September |
| octobre | October |
| novembre | November |
| décembre | December |
| Quelle est la date? | What's the date? |

A B C D E F G H I J K L M N O P Q R S T U V W X Y Z

■ = masculine noun ■ = feminine noun ■ = verb ■ = adjective

| les saisons | seasons |
|---|---|
| le printemps | spring |
| l'été | summer |
| l'automne | autumn |
| l'hiver | winter |
| au printemps | in the spring |
| en été | in the summer |
| en automne | in the autumn |
| en hiver | in the winter |

**1994** = mil neuf cent quatre-vingt-quatorze

**or** dix-neuf cent quatre-vingt-quatorze

**2005** = deux mille cinq

# verbs

| -er verbs | -ir verbs | -re verbs |
|---|---|---|
| je mange | je finis | je vends |
| tu manges | tu finis | tu vends |
| il/elle mange | il/elle finit | il/elle vend |
| nous mangeons | nous finissons | nous vendons |
| vous mangez | vous finissez | vous vendez |
| ils/elles mangent | ils/elles finissent | ils/elles vendent |

| être – to be | avoir – to have | aller – to go |
|---|---|---|
| je suis | j'ai | je vais |
| tu es | tu as | tu vas |
| il/elle est | il/elle a | il/elle va |
| nous sommes | nous avons | nous allons |
| vous êtes | vous avez | vous allez |
| ils/elles sont | ils/elles ont | ils/elles vont |

A B C D E F G H I J K L M N O P Q R S T U V W X Y Z

■ = masculine noun　■ = feminine noun　■ = verb　■ = adjective

# telling the time

| | |
|---|---|
| Quelle heure est-il? | What time is it? |

## the hours

| | |
|---|---|
| il est une heure | it's 1 o'clock |
| il est deux heures | it's 2 o'clock |

## minutes past the hour

| | |
|---|---|
| il est trois heures cinq | it's five past three (3:05) |
| il est trois heures dix | it's ten past three (3:10) |

## minutes to the hour

| | |
|---|---|
| il est quatre heures moins cinq | it's five to four (3:55) |
| il est quatre heures moins dix | it's ten to four (3:50) |

## quarter and half hours

| | |
|---|---|
| il est trois heures et quart | it's quarter past three (3:15) |
| il est trois heures et demie | it's half past three (3:30) |
| il est quatre heures moins le quart | it's quarter to four (3:45) |

## midday and midnight

| | |
|---|---|
| il est midi | it's (12) noon |
| il est minuit | it's (12) midnight |
| il est midi cinq | it's 12:05 pm |
| il est midi et demi | it's 12:30 pm |

## 24-hour clock

| | |
|---|---|
| treize heures | 13:00 |
| quatorze heures cinq | 14:05 |
| quinze heures quinze | 15:15 |
| seize heures trente | 16:30 |
| dix-sept heures quarante-cinq | 17:45 |

A

B

C

D

E

F

G

H

I

J

K

L

M

N

O

P

Q

R

S

T

U

V

W

X

Y